灯 火

谢舟遥 著

All the
Little Lights

当代世界出版社

图书在版编目（CIP）数据

灯火 / 谢舟遥著. —北京：当代世界出版社，2017.10
ISBN 978-7-5090-1278-9

Ⅰ.①灯… Ⅱ.①谢… Ⅲ.①诗集—中国—当代②散文集—中国—当代 Ⅳ.①I217.2

中国版本图书馆CIP数据核字（2017）第248070号

书　　名：	灯火
出版发行：	当代世界出版社
地　　址：	北京市复兴路4号（100860）
网　　址：	http://www.worldpress.org.cn
编务电话：	（010）83908456
发行电话：	（010）83908409
	（010）83908455
	（010）83908377
	（010）83908423（邮购）
	（010）83908410（传真）
经　　销：	全国新华书店
印　　刷：	北京天宇万达印刷有限公司
开　　本：	880毫米×1230毫米　1/32
印　　张：	7
字　　数：	143千字
版　　次：	2017年11月第1版
印　　次：	2017年11月第1次
书　　号：	ISBN 978-7-5090-1278-9
定　　价：	39.00元

如发现印装质量问题，请与承印厂联系调换。
版权所有，翻印必究；未经许可，不得转载！

诗人是一个在母亲的促使下向世界展示自己，却无法进入这个世界的年轻人。

——米兰·昆德拉

— 序 —

2014年出版第一本散文集《十二三四》时,我的梦想是"用文字打败时间"。三年后,仍是如此。

2016年12月13号,我被哥伦比亚大学录取。当天晚上,我百感交集地写下《灯火》这首歌,主要表达的是繁华和寂寥两种情境交叠产生的巨大反差。我想,为什么得到了这么多,却还是不快乐?

我生长在北京,灯火璀璨的城市是我最爱的风景。在这样一个人口两千万的都市里,一个人渺小得像一粒微尘,一颗浮土,一株没有根的草;但同时,只要目标清晰,一个人可以坐拥一片广袤的宇宙。在北师大附属实验中学国际部的三年,我一直努力找寻属于自己的"灯火",最终还是在文字中找到了答案。我看似绕了一圈,却并没有回到原点。螺旋式上升中,这三年间的经历和反思凝聚成《灯火》这本书。

《灯火》主要的文学体裁是诗。在我看来,诗更加图像化、抽象化、私人化,但同时可以阐述更广阔的内容与主题。《灯火》分为八章,每一章讲述了生活中一个重要的部分。"日子"记录生活点滴,"春日大雪"描绘四季变迁;"苦茶"是旅行见闻,"课间"包含了学校生活;"灯火"写了家庭亲情,"写字"则是欣赏艺术作品后的感悟。比较特殊的是最后两章:"我不知道生活将怎样继续"记录了我生活中的负能量时刻,帮助我释放压力,轻装上阵,迎接新的挑战;"回答"则囊括了我对于存在、死亡、生命、幸福等宏大命题的探究与思考。

2017年8月,赴美前的一个晚上,我回到家。病中的妈妈正在客厅里和姥姥、姥爷聊天,谈论着明年夏天去山里疗养的计划。我妹妹(好吧,其实她是一只名字叫"稻稻"的大白猫)卧在落地窗前,忧郁地看着窗外。于是,我在她身边坐下,左手娴熟地挠了几下她的头顶。她眯起了眼,耳朵向后抿,尾巴耷拉下来微微摇动着,对我表示欢迎。

我继续抚摸着她的脊背,一边望向窗外。太阳已经落山了,东边的天幕被青灰色的云遮蔽着。京顺路和机场高速上的车水马龙汇聚成一条条红白相间的灯河,与黄色的路灯交相辉映,反射在对面摩天大楼的玻璃幕墙上。远处,无数住宅小区的窗口一扇又一扇地被归家的人们点亮。不知道妈妈说了些什么,我的身后传来姥姥姥爷愉快的笑声。

也就是在那一刻,我觉得我看到了北京城最美的灯火。

— 目 录 —

日子

日子 2　　回归 4　　童话 7　　除夕夜归 9
时间扒手 11　　假期模式 12　　刷牙 14
头疼的时候 15　　协和 16　　Lakers小坐即景 17
结束 18　　绿色激光 20　　哑女 21　　飞 22
祝我生日快乐 25　　选择选择 26　　教师日志 28
小病上瘾 32

春日大雪

春日大雪 36　　新生 39　　雨 40　　看云是云 43
秋风 44　　夏 46　　辛夷 47　　大峡谷 48

CONTENTS

苦茶

苦茶　54　　夜海　57　　湖心　58　　解药　60

局外人在局外　62　　金橘　柠檬　64

Arizona Clouds　65　　写下　66　　泪点　69

寂　71　　不同与相同　72

闲话宗教信仰对中美家庭文学、文化差异的影响　76

课间

课间　80　　我在周六明朗的日光中　82

期末考试结束的前夜　84

明天，明天我们将踏上旅程的坦途（1）　85

明天，明天我们将踏上旅程的坦途（2）　87

行尸悲怆曲　88　　想念明天　90　　暴风骤雨前　91

平淡　92　　回答　95　　嘲弄　96　　军营励志　97

高一琐记　101　　新年慈善音乐会　104

— 目录 —

灯火

灯火 110　　当夜已深了 112　　苍老 113　　苦痛 114
你 116　　今夜　我拨通你们的座机 117
回首向来萧瑟处 120

写字

写字 126　　删除 128　　一九八四 130　　卑微 132
麦田（1） 134　　麦田（2） 136
寻找卢塔斯 138　　碎 143　　心动 144
看Blur乐队访谈有感 146　　Catch in the Dark 147
我和世界之间 148　　西湖一梦 150　　再问艺术是什么 152

我不知道生活将怎样继续

我不知道生活将怎样继续　160　　朋友（1）　162

朋友（2）　163　　粘　164　　冬日格外清凉　165

间歇性发作（1）　166　　间歇性发作（2）　168

间歇性发作（3）　170　　等式　172

分离聚合皆前定　173

问答

问答　178　　两面　180　　快乐　182

一地年华　185　　我能理解　186　　逝去　188

相爱　190　　升级　191　　皮囊（1）　192

皮囊（2）　194　　皮囊（3）　195

皮囊（4）　196　　别亦难　198　　存在　200

历史和预言　201　　黄金时代　203

——日子——

20170507
日子

日出一天，
日落一天。
生活在中间。

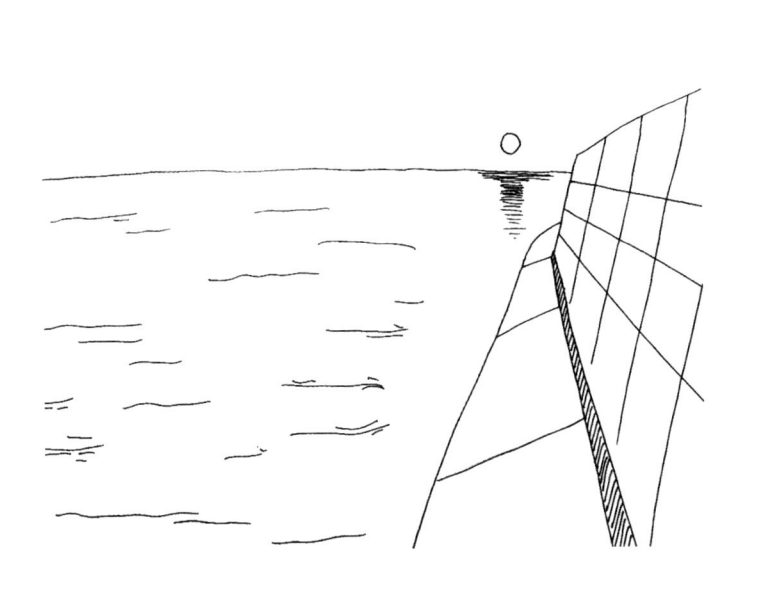

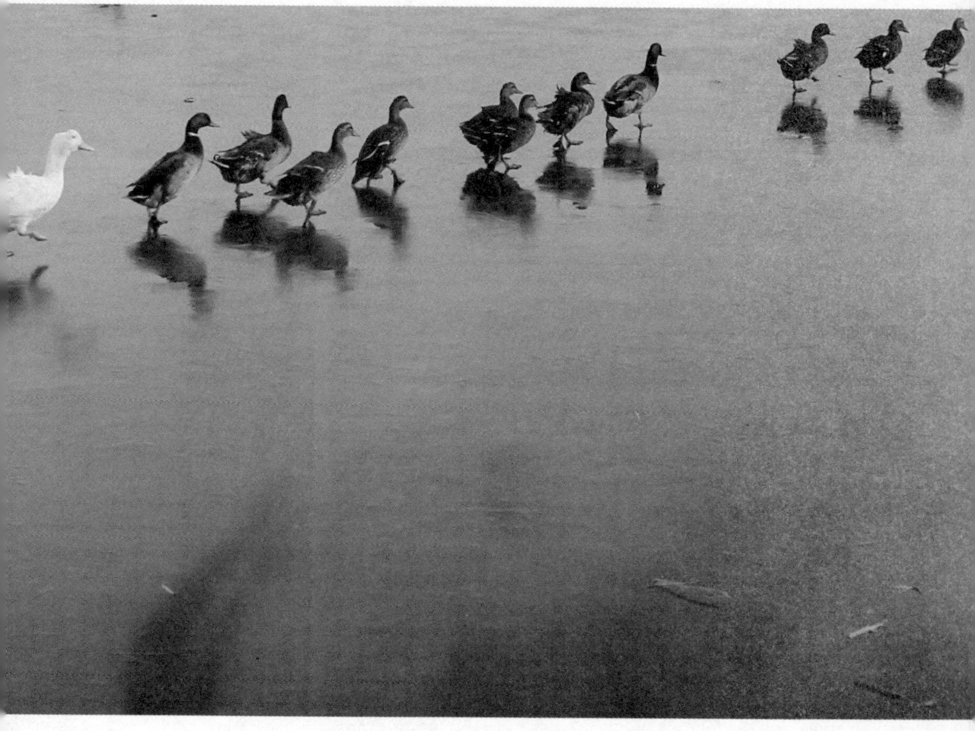

20140812
回归

终于明白了
自恋其实是自卑
自谦其实是自信

剩下
霓虹灯到月亮的距离
可是我不怕

是时候
从我的世界
回到我们的世界了

童 话

20150302
童话

"总是死亡
总是心伤"
冬日暖阳下
我微笑着想

凤梨酥带走了昨日的烦恼
柚子茶品尝着明日的忧伤
"孩子们都去哪儿了?"
食人花在树林中扎根生长

城堡外海洋般的森林旁
鸡尾酒般晕染着的天空边上
余着最后一抹残阳
他带走了今日的希望

金色的烟花如星绽放
时间停滞
转眼消失不见

20170127

除夕夜归

疾驰在零点的北三环
车灯零星，街灯璀璨
仿佛只为我独明
片刻寂静
不知哪里又鞭炮齐鸣

金色的烟花如星绽放
时间停滞
转眼消失不见
偶尔寒风
空气中火药味弥漫

窜天猴比路灯高
比星辰亮
炸开夜空一角的瞬间
漆黑中烟雾暗影亮起
然后一切如常

爱了的愈加疯狂
丢了的也不肯放下
而默然的正静静地
踯躅于锈色铁门外
悄悄开她的花

20150717
时间扒手

时间是一只扒手
分分秒秒漏走的
像手掌缝隙中停不住的沙

爱了的愈加疯狂
丢了的也不肯放下
而默然的正静静地
踯躅于锈色铁门外
悄悄开她的花

20160104

假期模式

灰色的工作日,她擅长宅在家里
颓废着耗过唾手可得的假期
再在繁忙中逼自己挤出片刻的零星
看书、弹琴、做"有意义的事"

以晒太阳为毕生追求的第欧根尼斯大概不曾预料
两千年后一位东方女孩这样践行她的哲学
快乐的本质是否与痛苦相关、幸福是否转瞬即逝
明天的色彩开放在何方
哲学家不用担忧的种种如何用存在主义解释
假期后这些非主流的问题都将归零
那误入歧途的女孩也将从自我折磨中得到解脱

漫长的黄昏后
细小的死亡必将降临
带走一切无用的苦痛和烦扰
就像工作日的假期带走大片空白的生命

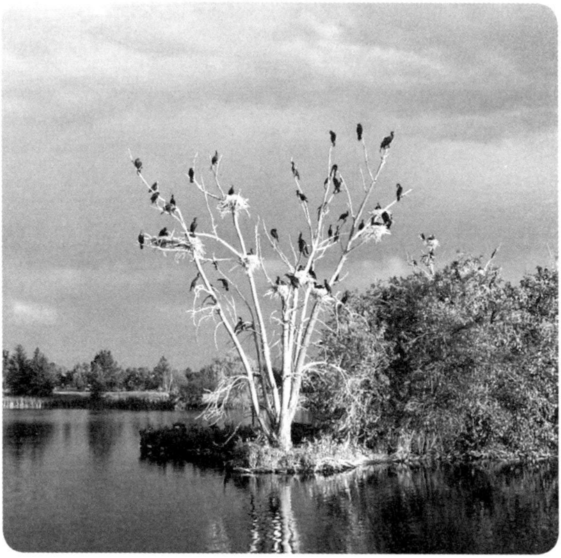

20160103

刷牙

透明的泡泡
薄荷
碳酸氢钠

甜甜圈上洒满蔗糖粉
暖光灯下的光晕漩涡

三——二——一——
啪

20160613
头疼的时候

头疼的时候,
眼眶从骨头向皮肤瓦解,
眼干目涩。

头疼的时候,
衣服披了又脱、脱了又披,
浑身时冷时热。

头疼的时候,
天灾人祸恍若隔世,
我只关心我。

头疼的时候,
等待黑夜和睡眠降临,
灵魂缩进小小的壳。

20151117
协和

惨白的方砖上
X光片般闪着
惨白的光
孩子在这里降生
也在这里死去

紧闭着的门
隔断
热切张望的人的眼睛
隔断
喧嚣的平凡的世界

一半的光灭了
剩下一半的人
留守一整个夜
这一半的光
是他们全部的星星

如果地狱存在
那它
一定有医院的模样

20170203

Lakers小坐即景
　　——写在Lakers西餐厅

　　　　谈着宗教和拯救的女人
　　　　玩着飞行棋放肆大笑的少年
　　　　组成我的等待

　　　　我被无数前人包围着
　　　　他们的视线黏在墙上
　　　　变成我的未来

20161204

结束

既然一切的光是白色,
一切的结束
也该是白色。
不然为什么
世界在移动
而我原地踏步。
看不到的飞机带着轰鸣声
在愕然的人们头顶呼啸而过;
出租车开着后备厢
在空旷的高速上倒驶。
而我原地掉头
把结束变成开始。

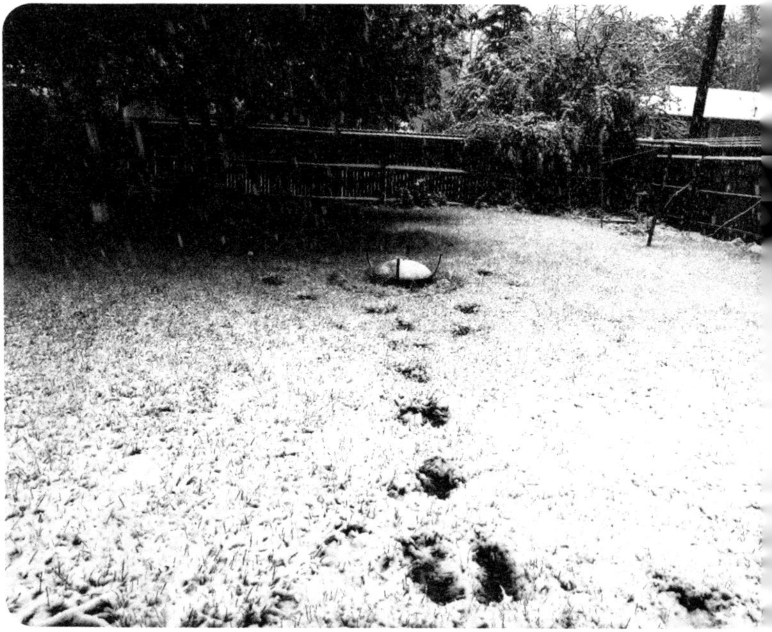

20151006

绿色激光

绿色激光穿透四层酒店雾气重重的玻璃
穿透零点二十七分北京稀薄的空气
穿透马路上阑珊亮着车灯的未归者咽下的叹息
穿透我强撑着却无法阻拦的倦意

绿色激光打上对面十八层人家的窗帘
打上秋风卷起纷飞作一团的沙丘表面
打上过度乐观和盲目信任的理想主义者的双脸
打上啜饮着浓咖啡的我不愿合上的眼睑

当房门开启
迎接我的黑暗
是一场狂欢

然而我点亮了灯盏
默默地坐在桌边
等待耳鸣的出现

20170212
哑女

在快餐店的喳喳喧闹中
我的目光吸附在她身上
总也移不开

她的双手上下翻飞
如蝴蝶般变幻
成万种的姿态

她挥别了朋友
和女伴对坐
脸上是畅然的笑容

在那纯然寂静的漩涡中
她尚能觅得快乐
我又在这无与伦比的喧嚣中抱怨什么呢

20160826

飞

——下午,正埋头写暑假作业。偶尔抬起头,看到正在放风的家鸽在蓝天上盘旋。

干净的玻璃窗透出无杂质的蓝天,
灰色居民楼如海浪般重叠。
一群鸽子从对面的天台涌上了云霄,
绕着高楼围出的一方天空
一圈圈飞行。

它们拼命翻腾着浅灰色的翅膀,
露出两翼下白花花的羽毛。
飞累了,便扑上天台,
排成队站在房顶上,
不时神经质地抖动下翅膀。

养鸟的大爷叉手站在房顶,
白色跨栏背心被风吹得鼓起来,
像一尊沉默的塑像。

他头顶的银发如鸽翼般
在风中起舞。

我坐在玻璃窗后面,幻想我是他——
在城市晚高峰将近的下午,
站在高高的楼顶,
看着鸽群追逐自由。
夕阳穿透楼群的阻隔
照射在我苍白的皮肤上;
这时,耳机里放着一首幽静的歌。
天台冷,不用待很久,
一小会儿,便是幸福。

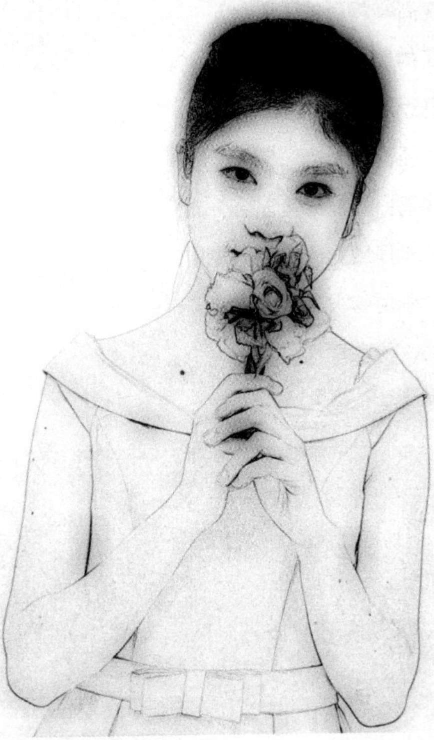

20160715

祝我生日快乐

好啦
今天是我的生日
你们的爱我收到了

I can foresee the end of my life:
I will be stoned to death
By the enormous love of others.

我能预见到我生命的终点：
我被巨石所埋葬，
这巨石是无数爱我的人投掷给我的。

为什么为了爱，人们必须控制？
为什么为了和平，人们必须战争？
为什么为了体验生命，人们必须死亡？

最后的最后，
为什么为了庆祝生日，
人们必须长大？

20160824

选择选择

为什么随便
为什么活在别人的影子里
为什么做个透明人
放弃自己的权利

为什么选择中庸
或者,为什么不选择
为什么在日复一日的选择中
丧失了选择的能力

从今天起
不说随便
只是选择
从今天起
不找任何理由
就算无法自圆其说
我选择选择

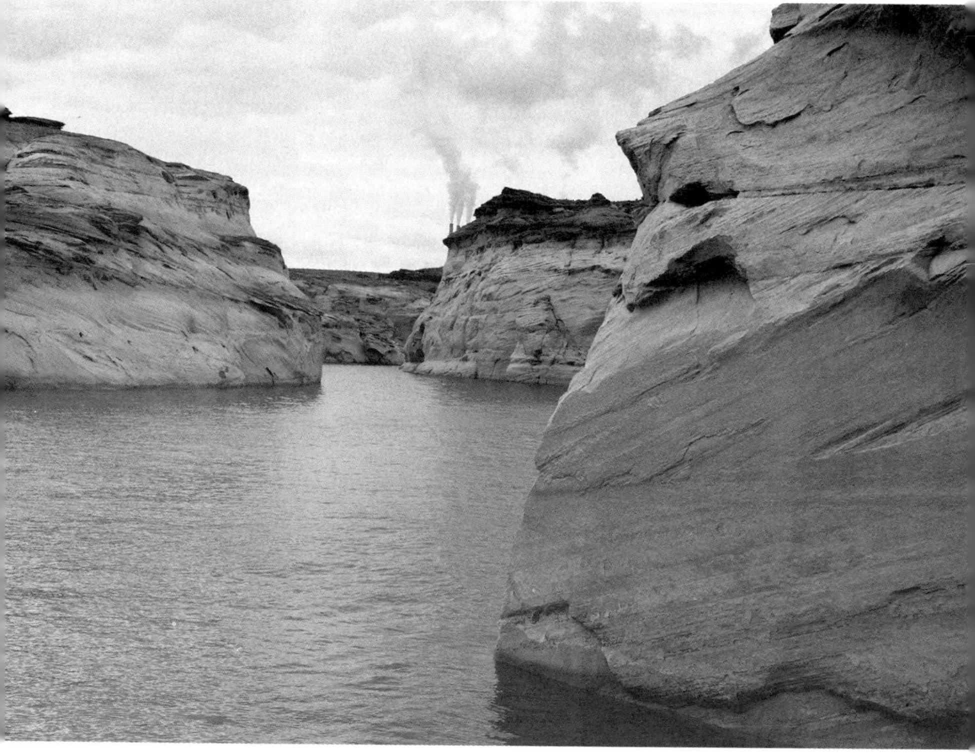

20161225

教师日志

"好,大家可以开始了。三、二、一、开始!"

教室中应声传来一阵阵惨叫。大家纷纷把头埋进电脑里,开始研究屏幕上尚显陌生的模考软件。

对了,这是最后一次课,课程安排是我一直梦寐以求而学生们一直惧而不谈的模考。从九月份我开始这份助教工作,在这个八人小班里负责每周六下午三个小时的托福词汇课时,就开始盼望这一天了。

"啊,我的网又断了……""老师题在哪儿?哦,还要翻页啊……""老师是 TPO26 还是 28?"从软件的使用到考试的时间安排,各种问题鱼涌而至。学生们一边手忙脚乱一边吐槽,一瞬间我竟在这喧闹中感到了些许家庭般温馨热闹的气氛。

混乱向难以控制的地步发展,Ella 提议:"老师,我们还是重来一次吧。"

我擦了擦汗,努力维持了一下教室里的纪律,妥协道:"好吧。大家准备好了吗?三、二、一、开始!"

再一次开始后,教室里突然安静下来了。每个人的目光在屏幕上显示的阅读文章上萦绕流转,隐约能听到暖风运作时电磁的嗡嗡声,好像将房间里的所有人包裹在一层坚定的温暖中。

静止流动着,充盈了时空,促使我屏气凝神。一刹那,四下无声。

我踮着脚走到教室最后一排,拉开椅子,翻到笔记本残留的几页空白,动笔开始写这学期最后的一篇《教师日志》。

从初见到相识,在过去的 15 个星期中我们风雨无阻,每周见面。可将近四个月过去了,我们对彼此还几乎一无所知。第一节课上做的自我介绍,恐怕也早已被遗忘殆尽了。

Ella 是个活泼机灵的女孩,比班上其他人都小一岁,英语基础却很好;

Lucia 是个乖巧可爱的女生,认真踏实,几乎每次听写都是第一;

Sophie 是个 active learner,上课时经常主动提问;

Choco 是个含蓄害羞的女生,英语基础不太扎实,但上课很认真。她对生物很感兴趣,课间似乎总在做生物作业;

Charlie 是个帅气的男孩子,像很多聪明男生一样,喜欢玩游戏却不会花时间在学习上。好在他专心上课时,总能积极回应我的问题;

Mike 是我最先认识的男生。他缺少合理高效的学习方法,所以背单词一直是他的噩梦,可他却从未放弃。

以上这些,大概便是我对他们知晓的全部。而他们对我呢?一个英语好、嗓音低沉、时常语无伦次但绝对兢兢业业的学姐?

纵然有着许多的陌生,15 节课过去,我已经习惯了他们听写前的哀鸣和叹息,习惯了每次问"上节课讲的这个词根大家还记得吧"时他们的茫然神情,习惯了下课后他们离开教室前的一句"老师再见";我已经习惯了每周五开始查词备课,习惯了课间休息时判听写卷子、努力地找到给他们加分的理由,习惯了三小时的课程结束后嗓子灼烧的痛感。

15个星期,不够让我们深谙彼此的脾性,不够令我探寻到教词汇的最佳方法,不够使他们将一本托福词汇钻研到透彻,却足够习惯。

做别人的老师的同时,我在做自己的学生。

为了帮他人指点迷津,我拼命让自己看得更远。如果说以前,我还在把一个个词汇当作彼此毫无关联的个体来看待,那么现在我在努力看到它们表皮下的脉络勾连。我知道"-fact-"的意思是"do"(做),而"-per-"表示"thorough"(完全地),因此"perfect"便是"极致地做";我知道novel作为"小说"和"新奇地"这两个意思时其实是两个完全不同的词,就好像两位从不同家庭里走出的人恰巧拥有相同的名字,其中前者由"novella"简化而来,后者则源于"new";我知道"education"是从"educere"与"educare"这两个拉丁文而来,而这一定有其原因。当我只需把《巴朗3500》倒背如流去应付SAT考试时,我从来没关注过这些细节。

每次备完课,我都有这样的感觉:直到我真正需要了解这些词的时候,我才第一次认识了它们。不仅仅是它们的中文解释或近义词,更是它们的故事和它们有血有肉的生活。因为目的不同了,作为老师,我看到了学生很少能看到的东西。

作为一个多年苦逼的 English learner,我第一次面对着一个单词发自内心地感到欢喜。

而这同时也是我的困境。当我试图劝说学生们用英英词典查单词时,学生的一句话就把我打回了原形:"老师,听写是写中文吧?"是啊,明明背下中文,便可驰骋于课堂小测和标化考试的阅读题中,又何必自找麻烦呢?这理论看似多么正确。

在我成长的教育环境中,这样的功利主义已成习惯,以至于一开始我还不觉有异,直到细细思索后方觉不对。似乎从小到大,"聪明"的我便是靠着这种伎俩胜出于小升初、中考、SAT、AP 的考场上。对于应试这件事,我不以为耻反以为荣;对于那些费力理解知识的同学,我不感到敬佩,反而常暗自嘲笑他们只会"死学"。没错,我固然是事半功倍地学了,可除了一句"I'm good at taking tests"之外又能给自己一句什么评语呢?

看到比我小两岁的学生们仍挣扎于分数的苦海中,背着所谓的"托福词汇",不禁感到深深的无奈。更令我后怕的是,若不是这次当老师的机会,我还仍意识不到我——和与我相似的这些学生们——的心态有多可怕。

20150109

小病上瘾

一骤北风一阵寒,一年元旦一场病——似乎我总爱捡假期生病。冬风刮散京城的雾霾,难得的晴空万里,我陷在沙发里,披着薄毯,一只胳膊紧紧夹着体温计,另一只无力地举着电视遥控器,泄愤般狠狠摁着换台键。

掐指算起,2014年的每次生病都让我施施然倒在一个历史节点上,似乎要借病体加深我的记忆。不痛不痒的小病穿插着,匆匆就是一年。一月,期末考前踢墙作死,右脚小趾骨裂,单脚跳进考场;二月,丽江游返京后开始发高烧,还没痊愈就赶上了开学;五一,全家郊游时受凉感冒,节后不得不强撑着参加体育中考,下了考场就进了医院,诊断为气管炎合并咽炎、急性过敏性鼻炎;年底,月考后开始头疼发烧,五天后痊愈,正赶上新年钟声敲响。就这样,一年过去了。

作为资深小病患者,我得说——生小病上瘾。

小病之间,逃离纷繁的忙乱世界。

体育中考后,生活唯一的目标就是中考冲刺,我却偏偏这时病倒。病中,静躺,无论昼夜。忘记卷子,忘记作业,更不想补课。若有若无的眩晕感中,时而专注于小我、时而放眼于宇宙;时而过于关心自我而无心想起烦恼,时而过于关心宇宙而忘记个人得失。几天后,气管炎渐渐痊愈,但仍一看书就头晕,便又在家休息了几天。现在想想,那时为何会莫名其妙地看见卷子就头晕?大概是心理原因作祟——小病是潜意识开启的自我保护措施。

某天在校,忽然肚子疼,我来到医务室的小床上倒头就睡。迷迷糊糊间想到自己正在翘历史课,腹痛顿时减轻了一半。醒来时还有五分钟下课,我手脚发凉却神清气爽,慢慢悠悠叠好被子,走出小屋,正撞见医务室老师在办公室里和着广场舞音乐跳秧歌。我和她相对尴尬一笑,随即道谢离去,穿过操场上打篮球的男生,踏上空无一人的教学楼楼梯,转弯走到教室门前,正好下课铃响起。看着昏昏欲睡的同学们以手掩面走出教室,我内心平和欣悦如二月春风拂过。小病如行板中穿插的一二休止符,是不可或缺的喘息时间,提供偶尔逃离的借口。

小病之间,照见懦弱的真实自我。

从丽江游玩归来,我开始发高烧,温度一度停留在39°5。恰逢甲型H7N9肆虐,我被爸爸妈妈架到医院的发热门诊,昏昏沉沉不知身处何方。医生说:观察两天,不退烧再来。回到家,脑中乱糟糟地一片声响,我想着死亡、虚无和大千世界,自作多情地泪流满面。那一刻,一丝严厉的天光直射我的懦弱:一次微不足道的小病,但凡与死亡的幻影挂上关联,竟变得如此刺痛钻心。

五一那次因气管炎躺在床上,感受着小小刷毛在喉咙深处上下求索,与肺叶里出产的黏稠物质无力地搏斗。想起"望天地之悠悠,独怆然而涕下",体会到人类之弱小无助。人类弱小到无法征服感冒病毒,却号称自己征服了大自然;和宇宙之无限相比,银河系不过沧海一粟,人类却自信能够探索到时空物质的终极奥秘。在《银河系漫游指南》这本银河系最畅销的读物中,地球的条目里只有一个词——"基本无害"。而地球竟是老鼠为了探索宇宙终极答案而创造的一台巨大的计算机,人类都是计算机里小小的组件。小小组件想占领历史——我们的所思所想就是这么幼稚。而在病中,人类的渺小得以显现。这是小病的力量。

所以我说,生小病容易上瘾。我不是指我留恋那些头痛欲裂或胃里翻江倒海的时刻。我是说,小病过后,回头顾盼,才发现这些病生得多么明智、多么适时,也才在心底掠过一丝对下一场小病的期待。

— 春日大雪 —

20160428

春日大雪

明天的月亮必定西悬
星光黯淡，一如既往
风穿过沥青铺就的地平线
掠过田野，翻腾如浪

春日的新绿被月光穿透
打得格外澄澈空明
鹅毛大雪翻飞出悠然的调子
与世无争，淡然宁静

明天的太阳或许明亮
雾霭散尽，绿意镀光
平房鼓满了笑声的波长
藕色成荫，梧桐盛放

柳絮的银装帝国
将在乱向的微风中揭幕
一夜春风一夜舞
漫天飞雪几时无

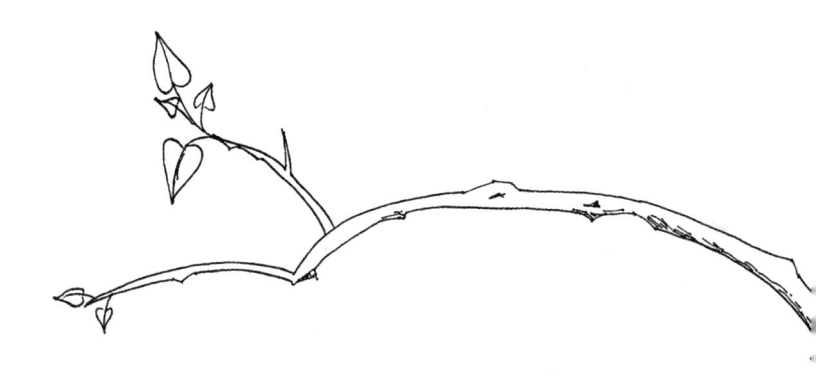

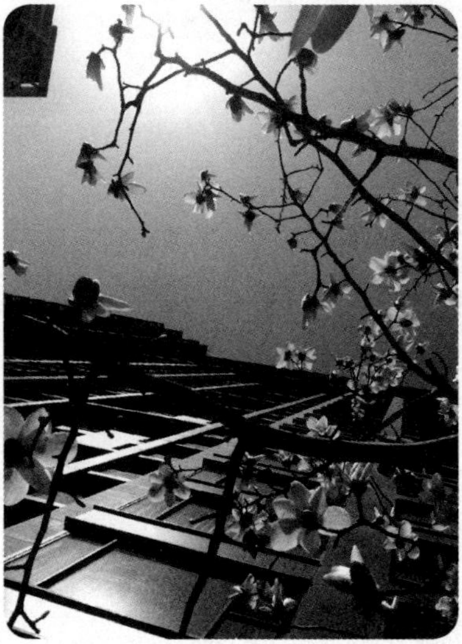

20150409
新生

春总在呢喃
微光总是正暖
打湿青葱的血脉
七色光穿透新生的叶片

每一秒钟都是相同
每个日子都是相反
看那金灿灿的天空上
写满了明天的预言

20150609
雨

雨是一层跳跃的帘幕
朦胧地钳住路人的脚步
雨是一艘银色的船
逆风扬起时隐时现的帆

风不知何时住了
雨还消磨着尘世的香

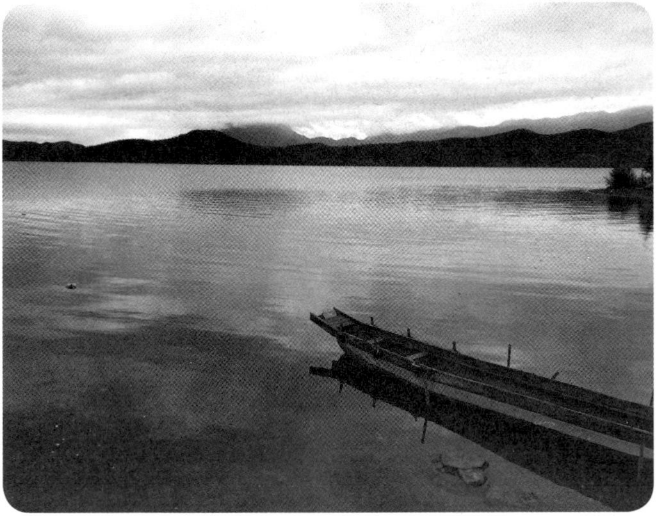

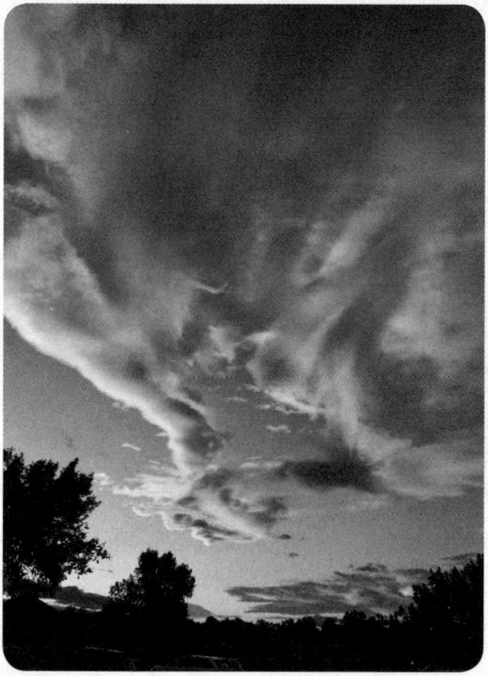

20150613

看云是云

帝都的喧嚣如风吹走屏住的呼吸
六月的初夏伴着每况愈下的消息
终于我拥有了看云是云的年纪
却既无欣喜 也无悲戚

窗外火烧云间透出残损的光粒
我心如一汪清湖 任尔投影波心
你闪动着无垠希望的眼睛
映着明天瓦蓝清澈的天地
而沉默 永恒的沉默
将是我对未来的回忆

20151013
秋风

金秋的果实和树叶混合
一层厚厚的霜
无缘无故地风起了
就奏起没头没脑的声响

一个女孩从树下走过
怀着满满的心事
风说它懂她的沉默
纵使对此不置一词

孤独本身已是恩赐

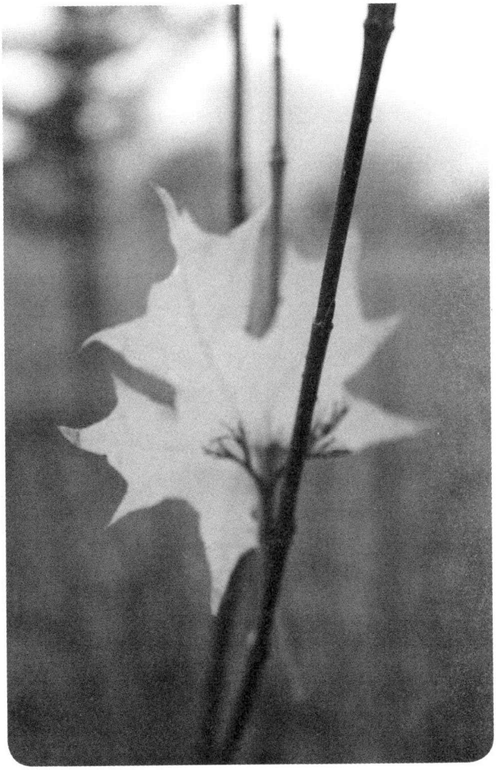

20150626

夏

我透过雨水看窗外的世界
雨滴如石 在玻璃上连成一片
晕染开模糊不清的视线
构成了波光粼粼的夏夜

楼前背负着灯光的小塔啊
你是急躁的黑夜中唯一固定不变的点
而那泥泞中缓缓闪烁的车灯
你又载着谁在这样的时刻奔波向前

柏油路上聚成好多好多小小的湖泊
每一个都倒映着白黄白黄的灯火
好像印象中童年的夏日傍晚
铺洒在地面上的满天星河

又一阵振聋发聩的雷声
把我沉浸在别人故事中的心惊醒
暴雨无情 击穿了矮矮的房檐
也击碎了我温柔的梦

20161205
辛夷

——毛猴，老北京传统手工艺品，主要原料为蝉蜕和辛夷。

两株玉兰花
早春结出了花苞
嫩小的辛夷立着
像爬满花果山的猴子

幼时爱捡知了壳
踮起脚，伸直手中的长棍
最终在爸爸的托举下满足了愿望
那愿以十七年光阴
换一夏蝉鸣的昆虫
我明明是怕着的
可攥了它褪下的衣甲
又偏偏爱得紧

瞥见校园里玉兰花开
才想起
其实我不爱知了
只是当那羸弱的花骨朵
在寒风中兀立
如一树的毛猴
我却突然爱上了辛夷

20150209
大峡谷

——2015年寒假，我参加了一个为期三周的交换项目，来到位于美国亚利桑那州的凤凰城，住进了小镇皇后溪的一个四口之家，包括父亲 Levi，母亲 Marisol，大女儿 Julianna 和小女儿 Isabella。入住后的第二个周末，我的寄宿家庭决定长途驱车陪我去游览大峡谷。

出发去大峡谷的前两天，大家一直在担心天气。如果是阴天的话，风景效果会大打折扣。还好，出发那天，冬高气爽，百里无云。

可惜的是，皇后溪到大峡谷四个小时车程，又岂止百里！车子一开入大峡谷国家公园，突然就被浓雾缠绕了。整个公园仿若仙境，大地忽隐忽现！我生平从未见过这么大的雾：天被厚重的雾色笼罩着，树木仿佛漂浮在云里，能见度不超过二十米。若对面有车开来，最先只看见两束昏黄的光从雾气中钻出来。光束越来越近，越来越近，直到来到了眼前，雾珠才慢慢滑下车身，车头、车轮、车身这才逐一显露出来。我们向大峡谷极目望去，只有一片白色的虚无。天空是什么颜色，远方是什么颜色，脚下就是什么颜色，万丈深渊就是什么颜色。世界像是被一层密不透风的塑料薄膜包裹起来,简单说来,就是什么也没有。

我们和白色的虚空照了两张相,深感无趣,又被浓雾调戏得瑟瑟发抖,肚子饿起来,才发现已是下午两点。于是大家就地休息,摊开三明治、薯片和饮料,围坐开吃。

三明治里的香肠像是能让人氯化钠中毒,没吃两口我就被咸得大脑短路。这时,我的肩头突然隐约感到一阵温暖。阳光从厚实的云层中找到了一条缝隙,光子们穿越数百万光年,跳着波的舞蹈,扑向峡谷深处。片刻之后,伴随着小女儿 Isabella 一声惊喜的呼喊,我抬起头,竟看到了湛蓝如洗的天空。巨浪般的云朵铺散着,此刻都焕发了金灿灿的神采。

我喝了一口葡萄汁,冲淡嘴里的咸味,然后才反应过来:天晴了!

紧跟着 Isabella,我们跑到悬崖边,探头张望面前的峡谷。

那一刻,我感到世上一切言语和文字都迅速萎缩了。在淋漓尽致的壮观的大自然面前,它们是如此无力。

记得读过课文中冰心的文章,描写一对印度姐妹的舞蹈。模仿她的格式,我写道:如果我是一位画家,我会用最绚烂的色彩、最具有魄力的构图、最生动的笔触雕刻大峡谷那深沉决绝的赤色山谷;如果我是一名摄影师,我会驱车来到山谷顶峰,来到科罗拉多河上游,静坐等候夕阳西下的时刻,捕捉"落霞与孤鹜齐飞,秋水共长天一色"的诗意;如果我是一位诗人,我会搜刮世上一切形容美好事物的修辞,写下最美轮美奂的诗篇；如果我是一名音乐家，我会愿意一辈子住在山谷之间，聆听麋鹿与流水的对话，谱出只有大峡谷能听懂的动人乐曲。

但我不是画家，不是摄影师，不是诗人，更不是音乐家。我只是一个怀揣文字梦的孩子，被大峡谷闪到了眼睛。一不小心，感动流淌进内心，促使我拿起纸笔。

这是只有大自然能带来的感动。云朵如海浪般咆哮奔腾着，却又被阳光按了定格键。无数片浪花般的云连成了云层，覆压万里。偶尔有空隙的地方，便透出太阳神圣的光芒。光芒照亮远处的峡谷，我看到层层叠叠的山脉也如浪花般波澜起伏，绵延不绝。远方的远方也如我所在之处一样，拥有远方的景色。那悬崖峭壁，如同被阳光撕裂般，几乎竖直地屹立着。红褐色的岩石紧密地挤压在一起，在立于顶峰的我看来，它们浑然一体。偶尔有一丝缝隙的地方，钻出一棵松树，遒劲的枝干竟几乎是水平生长的。三两只蓝色小鸟栖息之上，叽叽喳喳地和松

树讨论峡谷里的新闻，忽地又扑腾腾飞起来，飞到谷底水边的乱石滩上晒太阳了。

千万年以来，科罗拉多河不急不缓地流过谷底，裹挟轻碎的沙砾而去，耐心地打磨出这深深的沟壑。汩汩流淌的河流中泛起点点银白色的反光，我仿佛能听见它与岩石碰撞的清脆声响一路从时光源头敲打到未来。这只是古老的地球表面一小块皮肤的褶皱，却是人类历史上最壮观的自然奇迹。

几百年来，无数勇士曾在峭壁上奋力攀登、在激流中驾驶小艇、在峡谷中探寻方向。活下来的人成了战胜自我的英雄，不幸死去的那些呢？

在一家纪念品商店里，Levi兴奋地向我展示书架上一本厚厚的书。"你一定要买这个。"他说，"这本书记载了所有在大峡谷死去的人的故事。每年，编辑组都会重新出版一次这本书，把新死去的人加上。每年它都会变厚。"

我站在旁边瞠目结舌，不太能够理解编辑组成员的兴趣点。"谁会读这种书呢？"我问。"Levi 这种人啊！"Marisol 开心地笑道。

我没有这么无聊，因此也就没有买这本不断更新着的连载小说。人和人之间寻找生命意义的方式不同，我不愿嘲笑别人的愚蠢或厄运。走出店铺，看到一个青年人飞身跳上峭壁旁突起的一小块岩石上，意气风发地眺望脚下，丝毫没有看到旁边伫立的黄色危险标识。想到几十年前可能就有无知者从这里失足跌倒，感慨起螺旋上升的历史。一时间，仿佛明白了些那本死亡笔记的意义。

― 苦茶 ―

20150213
苦茶

在这个甜蜜的城市
这个疯狂的夜晚
让我用微波炉热一杯
最苦的茶

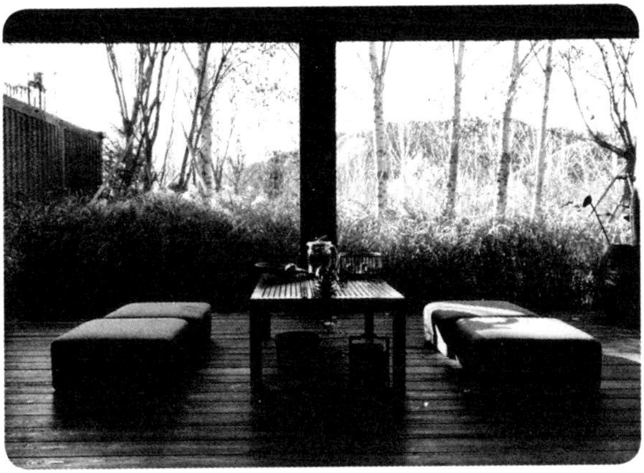

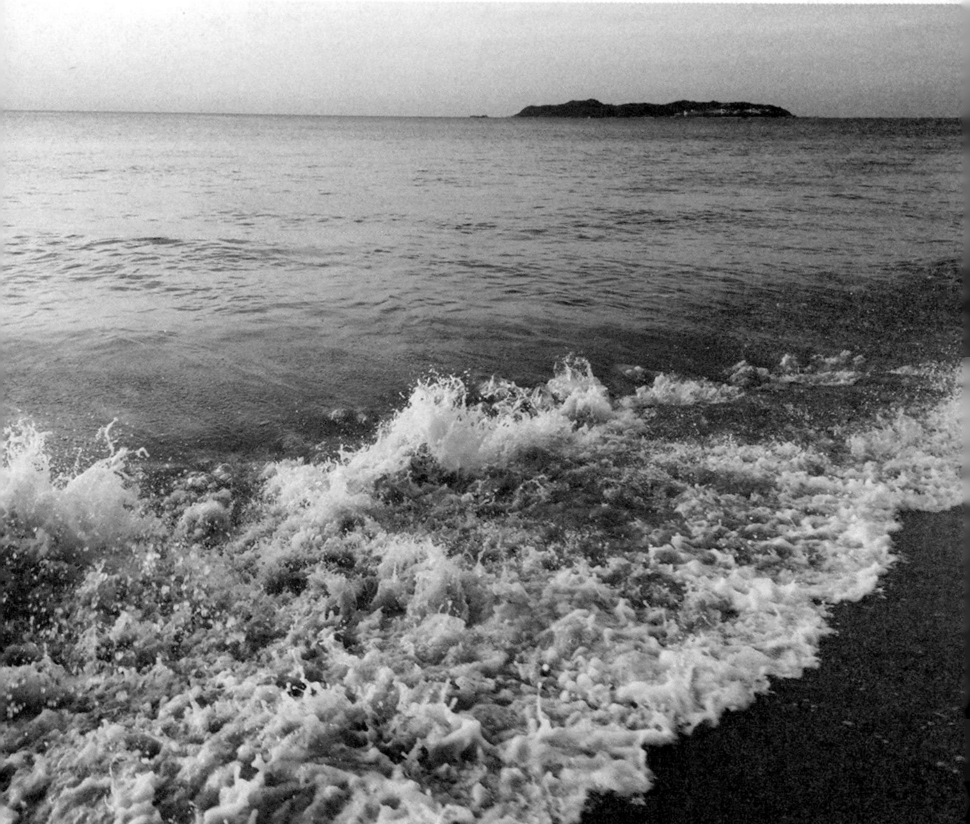

20150808
夜海

夜晚的大海在咆哮
天地间传来隆隆的雷声

寂静是唯一的观众
陆地是它的情人

我是海岸线上
渺茫的一粒沙

20160125

湖心
——记于西溪湿地

像奥雷利亚诺一样
踏上一场不确定的旅程
没有方向
没有终止的时分
只有慢慢摇动的船桨
混着空气中依稀的烟痕

泡一壶西湖龙井
看开水腾白雾，升一股稻花香气
轻抿慢咽，嗓间的苦味
氤氲在心里
仿佛荡漾在
消止了时间的湖心

闯入芦苇的国度
目光所及，满眼皆是绿——
波纹一圈一圈从船橹扩散到湖边
惊起水下黝黑的鱼儿
惊起岸旁熟睡的夏蝉

枯黄的落叶经年

解构成厚厚的油乳

布起一张紧密的大网

深流的静水

是否还清澈洞察如初？

你宽容的胸怀

能否承载外来者的温暖与痛苦

仿若千年如一？

奥雷利亚诺式的旅程

像一场忘了何年何日的梦

就这样听时间晕染了华年

注视着另一个自己渐行渐远

20150808
解药

所谓

五星酒店的豪华观海套房

不过是四十平米的房间

满满当当的舒适家具

和一个恰巧能眺望海洋的阳面

看海

戏水

烧烤

散步

偶尔写写作业

明天前赴后继地成了今天

又排着队向遗忘走去

而我在海边努力回想

跳浪的那天我穿着什么裙子

篝火旁的 DJ 放着哪个调子

颠倒的日子无分黑白

我摸索着徘徊

也曾跌倒

才发现

文字是我唯一的解药

20160125
局外人在局外

你们在游乐场里玩得好开心
开心得忘了烈日盘踞在头顶
你们身上挂着 T 恤，手里攥着冰饮
凉鞋拖沓的脚步一刻不停
你们在过山车上飞行，尖叫声响彻凌云
你们从跳楼机上坠落，狂风鼓动着轰鸣
你们在琳琅的嘉年华里游戏游行
你们说自己就是年轻
于是你们疯狂，你们开心
你们的阴天都放晴

我站在游乐场外看你们开心
看得忘记了烈日盘踞在头顶
我写着一封短信，手里攥着手机
耳机里的音乐一刻不停
你们在过山车上飞行，我胆战心惊
你们从跳楼机上坠落，我风中拾零
我在褪色的铁栏杆外忍受寂静
我说我就是有病
于是我默默旅行，独自伤心
我在局外等天明

20150116

金橘　柠檬

金橘　柠檬
金橘　柠檬
金橘　柠檬
金橘　柠檬
金橘　柠檬
金橘　柠檬
我不停地泡同一杯茶

20150131

Arizona Clouds
——记美国亚利桑那州的云

我像个挎着竹篮的小女孩

白衣白裙

走在沙滩上

拾起片片散落的残云

20150727

写下

——和奶奶一起拜访杭州的姨爷爷，听他讲抗战时期逃难的故事。

炮火粉碎了古老的梦境
异乡间辗转终于死无凭迹
昨日的乱世用烽火
写下历史的锋利

凡人他穿过无数荆棘
一生如一场悲怆交响曲
痛苦的挫折用命运
写下满满的回忆

和平鸽展开白色的羽翅
天空上留下一段掠影
飞翔的云朵用蒸汽
写下和平的信息

诗人她抱着闪烁的手机

屏幕上残留着半截短诗

和平的生活用平静

写下痛苦的叹息

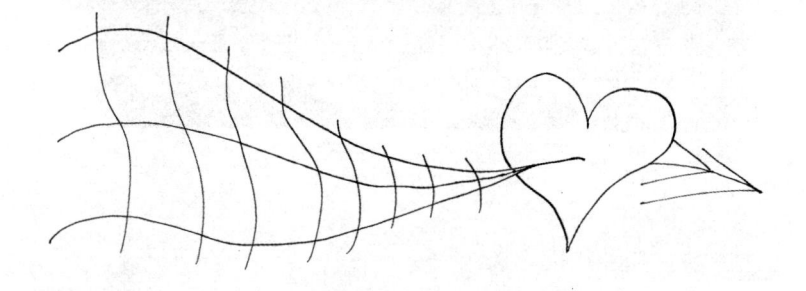

在前往东亚小岛的 / 离家之路上，我 /
因为拥有了一切 / 泪流满面

20170624

泪点

冰在七十六度
融化成了泪。

在前往东亚小岛的
离家之路上,我
因为拥有了一切
而泪流满面。

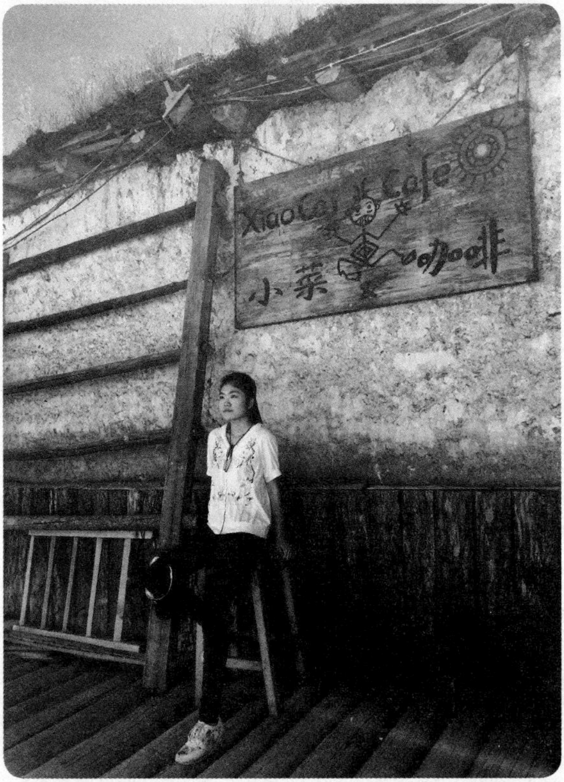
XiaoCai Cafe
小菜咖啡

20150724

寂

——高铁旅途中，由铁道两旁的景致变化，想到天地岁月悠悠，想到宇宙瞬息万变，想到沧海一粟，有感。

透过耳机里的寂静
抓住列车疾驶的噪音
仰望白色的天空
聆听灵柩上盖着幕布的倒影

故乡的田野里
我是个平淡的过客
漫长的岁月中
但愿我拥有坚韧的灵魂

风吹过空旷的绿洲
柳絮如雪飞扬
那是寂静中的訇然回响
是转瞬即逝的地久天长

20150218

不同与相同

——本文和《大峡谷》成文于同一时间，同样记述了我在美国亚利桑那州凤凰城参加交换项目的经历。我的寄宿家庭由美国父亲 Levi 和墨西哥母亲 Marisol，以及两个可爱的女儿 Julianna 和 Isabella 组成，当然，还少不了可爱的金毛犬 Loxley。

大巴车笔直地行驶在广阔无垠的荒漠中。一小簇一小簇的绿色植物匍匐在黄色的沙地上，张牙舞爪地伸出枯绿的叶片。远处的地平线上，褐色山脉接连不断，把世界包围起来。阳光被甩在身后，阴影落在前方。声音不是很大的音乐灌进耳机，充满了寂静的空气，嚼着烧烤味的薯片，写下两三行凌乱的思绪，突然觉得一辈子的生活就这样摆在面前了。

交换项目的意义在于，用二十天的时间，体会另一种全新的生活方式。

确实是全新的。家里飘散着迷醉的香气，每个屋子都摆着香蜡。Marisol 整天待在家里，每天擦一遍地、洗一桶衣服。杯子用过一遍绝不再用，叉子插过了香蕉绝不再碰苹果，就像嫌自己要洗的不够多似的讲究。独栋小楼的后院有草地、喷烧烤架，有桃树、柠檬树、橙树。和 Isabella 用一套粉色的迪士

尼袖珍餐具开 tea party，厌了就用钉耙打下来几个香橙，切开就吃，酸甜的汁水爆炸开，却留下苦涩的露水味道。冬天来了，桃树树叶苍翠欲滴，密密麻麻的待放花苞在几天内绽出数十朵嫩粉色的小花。风儿轻吹，枝干轻摇，绿色间就刮起一阵粉色的风暴，落下一地零落的花瓣。几只蜜蜂停在花蕊上，两只小鸟也来凑热闹，被机警的金毛 Loxley 跑过来赶走。喝着茶在凉椅上待到夕阳西下，地平线以下的太阳因为大气的散射原理把天空染成血色，远处的残云竟是乌黑乌黑的——大自然的浓墨重彩。傍晚出去遛狗，抬头看星空看到脖颈发僵。和 Marisol 赞赏天边的一颗明星，却发现星星快速地越飞越近——原来是一架飞机啊。氤氲香气、纷乱花雨、闪烁星空……这些都是我从来没有过的体验。

刨去全新的东西,总有一些是共同的。放学路上,Julianna 在车里插上手机开始放歌过 DJ 瘾,一家人着魔般摇晃、K 歌。开着车的 Marisol 兴奋地挥着双手,丝毫没有意识到还有方向盘这种东西的存在。我压下心中惊恐的小兽,看着 Isabella 咧着嘴傻笑着的脸庞,也加入了快乐舞蹈着的队伍。上周末晚上我们一起在家里玩游戏,规则是每个人脑袋上顶着一张卡片,可以看到别人卡片上的内容,却看不到自己的。有一个漏斗负责计时,要在有限的时间内通过问问题猜出自己的卡片内容。最先猜出三次的获胜。Marisol 一着急起来就英语混着西班牙语往外乱蹦,时而神经质地上下挥舞着双手,又时不时狠狠敲着自己的脑袋,在沙漏慢慢漏尽后无助地仰天长叹。Levi 作为 toilet paper(手纸),看到我们捧腹大笑的样子后很轻易地就猜出了自己的身份。而我居然在得到 Indian 的线索后第一个就猜出了甘地爷爷的名字,却被 Frankenstein(《弗兰肯斯坦》)难住……不知不觉竟玩到了深夜,我们一边意犹未尽地收拾东西,一边盘算着哪一天能再接着玩。哪一天呢?"我希望你能到加州上学,Joy,"Levi 对我说,"这样我们去找你会方便一些。"

　　你看,无论我们多么的不同,总有一些东西是共同的。音乐、快乐和爱就是世界共同的语言,是它们把墨西哥人、美国人和中国人紧紧地联系在一起。

　　是不同吸引我们靠近,却是相同使我们更加紧密。从第一天到第二十天,三周之间,我们找到的不是彼此之间有多么不

同，而是彼此之间有多么相同。三周之间，每一分每一秒，我们都在用世界的语言交流。抬起头来，想起自己和七十亿人仰望着同一片星空，呼吸着同样的空气，才明白七十亿分之一的概念——沧海一粟而已。人和人是这样，国家和国家也是这样。中美两国，无论差异多么明显，相同点总是更多的。旅行路上，共同点是存在的基础，而不同点是收获的宝贵财富。

20150304

闲话宗教信仰对中美家庭
文学、文化差异的影响

——交换项目期间,我采访了寄宿家庭的大女儿、我的伙伴Julianna,目的是完成寒假语文作业"浅析中美家庭文学阅读差异"。

"Julianna,你最喜欢的书是哪一部?"

"唔,英文课上我正在读《杀死一只知更鸟》,这是本好书。"Julianna正在上九年级,相当于中国的初中三年级。

"我喜欢《绿山墙的安妮》!"七岁的小女儿Isabella插话道。

在之前已经持续很久的对话里,我试图从各个角度找出惊天地泣鬼神的"中美家庭文学阅读差异"来,但不幸的是,所有的努力都化为了泡影。我们,来自中美的两个年龄相仿的女孩子,似乎有很大的相似性:都喜欢读书但没时间读、爱从图书馆借书、未来想当专栏作家……聊是聊得越来越火热,我也越来越苦恼——差异在哪里?

突然,我的目光落在Julianna身后的一排书上。"那些是什么书?"我问。"哦,那是一些天主教演讲者写的,讲生活与信仰。"她答道。

我的眼睛亮了起来。宗教信仰！是了，这就是我在苦苦寻找的"中美差异"，不仅仅是文学上的，更是文化上的！

我们所在的皇后溪（Queen Creek）是个安逸祥和的小镇，住户多是虔诚的天主教徒。我们一家人每天早上和饭前都要祈祷，为了新的一天和食物感谢上帝。每周日上午，我们都要前往教堂唱圣歌、听神父讲《圣经》。《圣经》是圣书，自然人手一本，装帧精美，有的还刻上自己名字的首字母。Julianna 奶奶家还珍藏一本幅宽达一米的《圣经》，是镇宅之宝。

教徒们用一生的时光读这一本书，来来回回、反反复复、一字一句，在书页翻动中探知自我。我去听过两次神父布道，深受启发。第一次，神父说："好人不会上天堂，懂得宽恕的人才会上天堂。"让我联想到孔子说的"其恕乎！己所不欲，勿施于人。"第二次，神父说："要知行合一。"而这正是王阳明思想的精髓所在。载体不同，但天主教的教义和我国先贤的思想简直是如出一辙。

或许正是载体的差异所致，诸子的思想默默地溶在我的血脉里，而耶稣的旨意却大大方方地挂在 Julianna 一家人的嘴边。令我印象深刻的有两件事。其一，是 Julianna 一家几乎每天都会彼此说"我爱你"，这是因为有"爱彼此"的教义存在。其二，我们去大峡谷玩儿，起初浓雾弥漫，伸手不见五指，片刻后却阳光普照，蓝天白云。大家都很高兴，我刚在心里悄悄感谢天公作美，Levi 爸爸已经脱口而出："亲爱的上帝，感谢你驱走浓雾、带来阳光！"友爱和感恩，通过宗教这个载体，在生活中一点一滴地凝聚成了习惯，又在习惯中一点一滴地构建成了文化。一本圣书，一段圣洁的传说，就这样在宗教的放大镜下产生了如此大的影响力。

中国少有虔诚的教徒，这事儿中外友人都觉得很蹊跷。道教被嘉靖等几个皇帝弄得玄乎其玄；自十六世纪以来外国传教士们川流不息来了又走。时间的潮退去了，仍然只看到一个无神论的中国屹立在阳光之下。鲁迅剖析得好，不好听却一针见血："中国人自然有迷信，也有'信'，但好像很少'坚信'。我们先前最尊皇帝，但一面想玩弄他，也尊后妃，但一面又有些想吊她的膀子；畏神明，而又烧纸钱作贿赂，佩服豪杰，却不肯为他作牺牲。"（《且介亭杂文》）

写到这里，谁又能想到中美间这些差异都源自于一本故事书呢？看，文学改变命运啊。

— 课间 —

20160302

课间

——鼎鼎大名的北师大实验中学国际部，坐落在校园最东边的角落里。几排平房教室围合出一个小小院落，被老师和同学们亲切地唤作"东小院儿"。下了课，大家喜欢在小院儿里聊天、踢球、发呆。东小院儿虽小，却承载着国际部的灵魂。

课还没下呢
小院儿里飘着一股饭菜的香味
将落未落的光影
把天空打得水洗般清澈

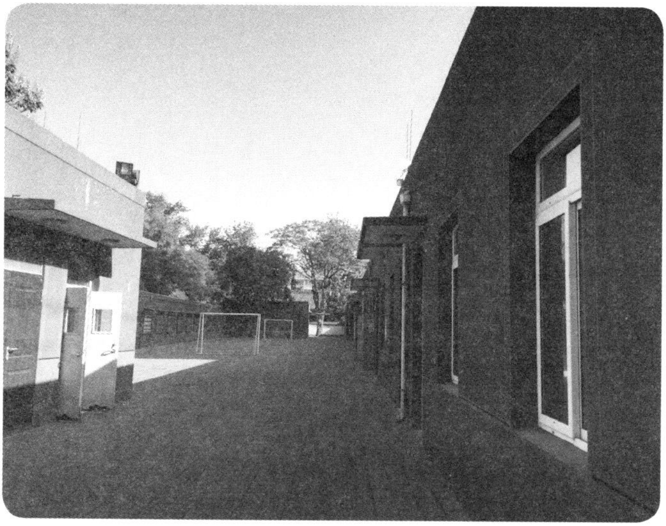

20141023

我在周六明朗的日光中
——记高一第一次月考

我在周六明朗的
日光中，海洋的
桌子上，月牙的
纸张上，夜晚的
心里，想念着
所有人。
一滴果汁的
泪，在草原的
大理石上。

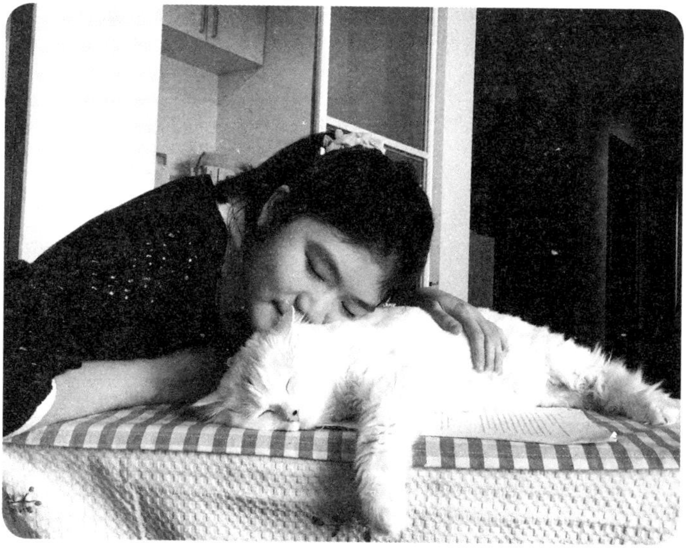

20150702
期末考试结束的前夜

在期末考试结束的前夜
捧着冷冷的荧光灯
捂着厚厚的外套和棉被
黑暗中受着思绪的风

20150707
明天，明天我们将踏上旅程的坦途（1）

这是最后的一天

最后一晚的欢愉

最后一次轻易的幸福

明天，明天我们将踏上

旅程的坦途

道路两旁荆棘密布

沿路的迷人风光

我们无暇驻足，更无缘欣赏

但明天，明天我们将踏上

未知的坦途

疲惫的旅程洗刷了岁月的脚步

青涩的少年逐渐变得老成稳重

而多年之后他将长叹一声

是那一天，在那一天我们终于踏上了

崎岖的坦途

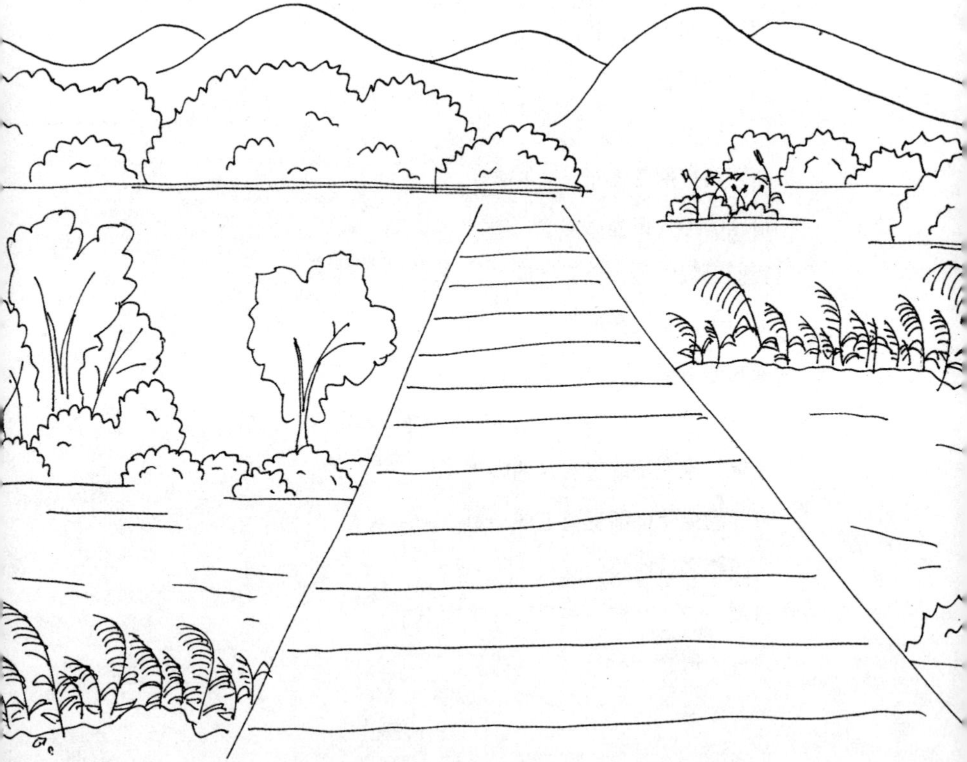

20160112

明天，明天我们将踏上旅程的坦途（2）

旅程开始得悄无声息
正如明天永远不会降临
是夜晚写字的习惯
晚归的车发出的喑哑低吟
理想主义盛开的课间
下意识打开向下刷的朋友圈
而不是
那明天即将踏上的未知坦途
和路上的荆棘密布
定义了现在的我们
让我们在堕落的时间
成了更好的人

20151129
行尸悲怆曲

——写于第二次 SAT 考试前一周

被这个世界遗忘——
从街道上消失
学校里离去
到一个没人认识、无人关心的
他乡异域
开启一段完全不同的生活
或者
不开启任何生活

只是活着
坐在嘈杂昏暗餐厅的一角
独自面对满桌的佳肴——
小炒肉上油脂泛起反光
滚烫的砂锅表面沸腾涌起的气泡破裂
椰汁西米捞里新鲜的哈密瓜渐渐氧化
掏出一只免费的、来自故乡的圆珠笔
在桌角的餐巾纸上

写下一首没有读者的诗

然而佳宴都已冷却
诗歌全是空想
明天尚未到来时
我已在渴求着过去
油菜是我从墓碑下伸出的四肢
土豆丝蜷缩成我干枯的发丝
薏米堆在火化盒里是我的牙齿
芝麻是我掉过的所有泪珠子

快乐死了还有知识
血肉凋零还能进食
无法思考还活着脑子
死尸
已经死了还在背着单词
已经死了
却还受着世人的鄙夷和仰视

20151130
想念明天

习惯了黑暗里的荧光
会时常感到视野无常
接线板的电源
一个红色的小点
白灯时隐时现
是笔记本的开关
房门的壁纸
模糊了廊灯惨白
窗外的车灯
透射过重重雾霾
无星的夜
怀揣着沉沉的心事
在隐约的光晕里
想念明天

20151204

暴风骤雨前

——写在第二次 SAT 考试前夜,澳门

被预言的暴风和骤雨
在努力与幸运前
化作零星的雾滴
而曾以为时间会慢慢治愈的
却在岁月如歌中
凝结成无法抹去的痕迹

暗夜降临时
夜空令人窒息
空气都变得透明
破旧的城区终止呼吸
独留锁在星光里的寂静
一扇丢了钥匙的谜题

20151216

平淡

坐在宿舍里
暖黄的台灯把光洒照在半边桌子上
踏着暖得出汗的电热毯
桌子凌乱可堪

今天发生了很多事
有的幸福，有的幸运，有的平淡；
明天会发生很多事
有的可怕，有的有趣，有的平淡

可此时此刻只是坐着
静默而空白，仿佛挥霍大把余生
什么也不干
就十分美好

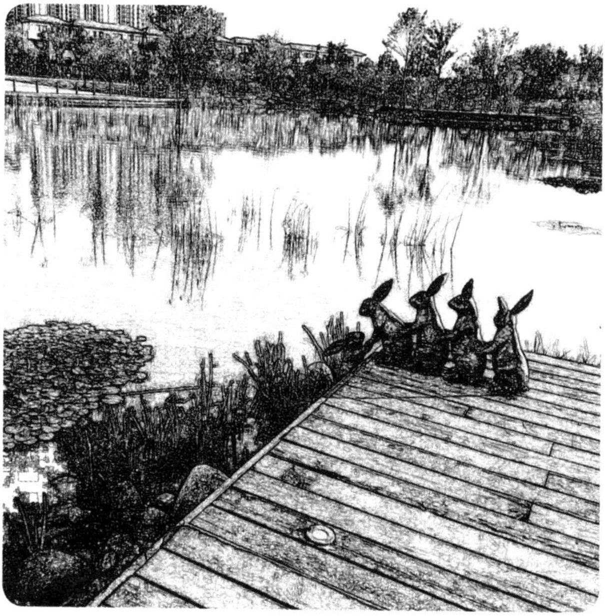

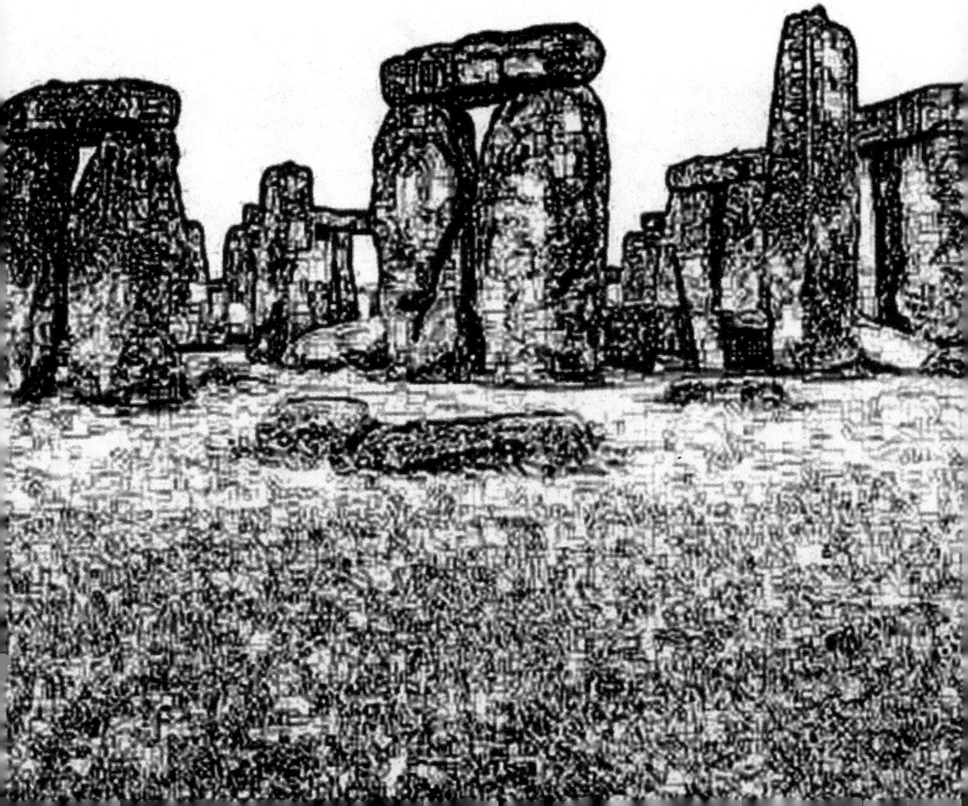

20150616
回答

飞翔的意义是什么
如果阳光也会被消磨
梦想的意义是什么
如果岁月都在墓碑下埋葬着

存在的意义是什么
如果我们自己都不确定有没有活过
生命的意义是什么
如果最后一切的一切都消失不见了

凤尾蝶扇动着的翅膀
卷起阵阵狂风
教室里 我仰头眯着眼看着微光
天色微冷

繁华的欢愉与寂寥的苦涩
无法告诉我们什么
却在起起落落间
一点一滴地构成了我们的生活

20160104

嘲弄

——第二次 SAT 考试结果揭晓，我得了个不高不低的分数。是满足于现状，还是再花费一整个月的时间，然后飞去澳门参加第三次考试？犹豫不决之中，我再一次扪心自问自己选择留学道路的初心。

漫长的平静后
命运将嘲弄的玩笑加载于我

天空的灰幕映出墙壁苍白的裂痕
前进或后退都注定归回原点
荣耀和理智一步之遥的时分
明日阳光穿透迟疑的云朵
嘲笑空气的懦弱

只身寻觅光荣与梦想
困惑中　快乐被嵌入浩渺城市的夜空
白日幻觉中今夜星光烂漫
下一秒仰望着找寻时又恍然无踪

20140829
军营励志

高一入学,军训八天。

放出来之后,灌下一瓶绿茶,吞下一堆水果,洗上一个热水澡,吃上一顿过桥米线,顿觉神清气爽。八天里的感触瞬时如烟飞散,想说的话只剩下四个字——军营励志。

军营封闭。

没有特殊原因,不让出不让进。物资缺乏,限吃限喝。训练时,农夫山泉像奖金一样闪烁在远处。倒入半瓶水,嗓子就像干涸了太久的土地,立刻再次冒起烟来。我们的排长向我们讲述他在新兵连里的故事:全班在丛林里训练,整整一天没吃一顿饭没喝一口水,嘴唇枯瘪干裂。天色渐暗,班长拿出半瓶矿泉水,在瓶子上刺出几个小孔。清水溅出,一整个班的人轮流张开嘴接。已经入伍三年的排长讲这个故事时神色平静,几天后突兀地冒出一句"你们一定要珍惜现在的学校生活啊",脸上才闪过一丝丝落寞。

我们的军训虽远没有新兵连残酷,但资源仍匮乏得可怕。例如,每隔一天早餐会发一袋豆奶,没有剪刀撕不开包装,就用牙咬开使劲嘬。十秒钟袋子瘪下去,心里想:世界上还有这么好喝的饮料。有时随餐会提供一角西瓜,三口解决,瓜子都懒得吐出来，心里想：世界上还有这么好吃的水果。晚上闭了困倦的眼，入神地想着冰红茶的味道，明白了什么叫"求之不得，寤寐思服"。早晨训练的时候，操场上响起"新闻联播"，播报习大大最近一周的行程。食堂里的电视上全天播放CCTV13新闻，除此之外，再无其他来自外界的消息。封闭如是。

军营单调。

五点起床整理内务，晨练，早饭，训练，午饭，训练，晚饭，训练，洗漱，十点半熄灯，一天结束。"当兵的日子短暂又漫长"——军歌里这样唱。八天过去，日子重叠起来，竟然跟一天似的，只记得汗水滑入眼球的沙疼和脚底燃烧般的感觉。没有书籍和手机的二十一世纪少年们就像失去了指南针的探险家，但就算有也派不上用场，因为军营中的私人时间已被压缩至最少，根本没有时间看书和刷微信。单调如是。

军营疲累。

警姿、转法、齐步走、正步走；棍术、刺刀、匕首……说白了，基本要求重复两遍谁都会做，剩下的就是一次又一次地重复练习，在重复中加深记忆。一个小时训练结束，听见"解散休息"恨不得瘫倒在水泥地上。军训的第三天下午请了一位国防大学的教授来讲课，坐在礼堂椅子上吹着空调，我仿佛重新找回了在人间的感觉。教授开口讲课，内容充实、音调清晰、语速适中；我的头有节奏地前后晃动，挤进耳朵里的是"菲律宾""台湾""日本""美国"等不甚清晰的词汇。偶尔听见掌声雷动，猛地惊醒，跟着睡眼蒙胧地鼓起掌来。困倦如是。

然而，幸好，所有这些都挡不住的是——军营励志。

军营励志，来自教官们的言传身教。我们排的四位教官——笑颜如花的排长赞赞、帅气刘、矮脚虎曹三和呆萌大个儿——在军训八天里说过的话，几乎能编成一本励志合集。浓缩的语录是两个短语："欠操练"和"去洗澡"，一抑一扬，相当于先给大棒再吃萝卜，配合使用，每次都把同学们整得服服帖帖的。"有一个人动了啊，给她留面子，我不告诉你们她是第二列排头。"每次教官说出这类话都让我想起我的初中化学老师荣Sir，"你们就是欠操练"与荣Sir的"你们这群吃油饼的家伙"简直更是心灵相通啊……

教官们还有说话不算话的坏毛病。比如第七天上午大家满怀希望地问排长下午的安排，他灿烂地笑着说"就是玩儿呗！"可怜大家还没来得及欢呼就又听到他接着说"咱们这几天不是一直在玩儿嘛……"结果是那天的训练强度打破了前六天的纪录。

军营励志，来自对"幸福"的定义的修正。看多了声色犬马，容易变得禁不起繁华，军训八天，幡然回首，发现幸福原来天涯咫尺。一个苹果几乎像上天的恩赐；一次热水澡能把暖意输送到心底；十分钟休息简直就是通往伊甸园的门票……封闭、单调和疲累冲刷掉生命中多余的杂质，削减了人性中不必要的欲望，于是，无欲则刚。

军营贯彻了 less is more 理论，减掉物质上的东西，增加精神上的力量，从而实现对意志力的磨炼。Stay hungry, stay foolish——被乔布斯引用并推崇的这句话，我终于懂得一些了。尤金·扎米亚金在代表作《我们》中提出的"一共有两个乐园，人们有权做出选择：没有自由的幸福，或者没有幸福的自由"这一理论也显得不那么讳莫高深了。幸福和痛苦从未水火不容，它们向来都是相辅相成、甚至水乳交融的。这大概是军营给我的最宝贵的财富。

无论如何，军训已经结束了。在一种被迫的状态下，我学会了很多东西，有了很大进步。然而，当这股外力轰然撤走，当我需要借助自己的内在力量推动自己向前时，未来的日子无异于逆水行舟。愿我能怀揣教官传予的能量棒，不断汲取军营励志之精华。

又集合了。出发吧！

20141009

高一琐记

上了高中，回首发现，曾经那么接近的人就这样轻易地愈行愈远；蓦然恍悟，人竟是这么习惯于偏离自己最初的方向。渐渐地，最终地，我们都会找到属于自己的那一片生活；只是真正勿忘初心的，又有多少？

高一开学，繁忙了一个月，搁了笔搁了书，拜别冯友兰、冯唐，锁起《北京晚报》《CBNweekly》，专心写起expository writing（说明性写作），看起如《静静的顿河》一般沉重的 text books。以前看上去遥远的路，原来这就已经走上了，而且，无处回头。

这一个月，英语阅读量超过了初三一学期的字数，感觉自己被推着走，被挤着走，被拉着走，被拽着走，被我在三帆中学培养出的"优秀是一种习惯"驱使着走——竟分不清哪些是我自己的力量，哪些是外部环境的力量，总之是一日千年。在学校的时候没什么感觉，回了家，张嘴就想说英语，有时和爷爷奶奶、姥姥姥爷说话，不知不觉就蹦出几个单词，看见他们略显迷惑的神情，忙醒悟，翻译。环境力量之可怕，可见一斑。

简单说说住宿的生活吧。充分感觉到了住宿对学习效率的好处。其一，住宿便于"以人为鉴"。人最难的向来是"慎独"。

自己待在书房里，很容易就看看手机看看杂书耗过去一晚上。宿舍五个人，看着其他四个奋笔疾书的样子，只好叹口气，也翻开作业本写起来。更别提还有宿管阿姨在走廊里神出鬼没，让人连吃个零食发条短信都战战兢兢的。其二，住宿节省时间。慢条斯理如我，六点起床六点半也早已整理好一切。之所以六点就起床，是因为宿舍同学太用功，坚持要早起读英语……

"十一"看了一本《Tuesdays with Morrie》，是个很感人的故事。Morrie是个濒死的老社会学教授，他的一个观点深得我心。他说："问题是，米奇，我们不相信我们有多相像。无论白人还是黑人，天主教徒还是新教教徒，男人还是女人。如果我们把彼此看得更加相像，我们就会渴望成为世界上人类大家庭中的一员，就会如关心我们自己一样关心这个家庭。但相信我，当你是个将死之人时，你就看透了。我们有相同的开始——出生，也有相同的结局——死亡。所以我们能有多不同呢？"

亲爱的你，我们能有多不同呢？每次一想到我们处在同一片星空下，呼吸着同一片空气，掠过我头上的鸟儿可能刚刚从你那里飞来，你唱过的歌我正在轻哼，我的心中就充满了爱和希望。这本书里还写了一个故事：一个海浪吹着小曲向前奔跑，突然，他看到自己前方的浪砸在了海滩上，破裂成花。他惊恐极了。同行的海浪问："亲爱的伙伴，你为什么郁郁不乐？"他答："你不懂的！我们马上就要粉身碎骨、化为乌有了！"同行的海浪说："不，你不明白。你不是一个海浪，你是大海的一部分。"

我们都是大海的一部分。

那天翻老同学坎儿的博客,突然看到了这句话,觉得写得真好。遂抄写下来贴在书桌前方以与坎儿共勉——

人生是奇妙的,未来是迷。以个体为中心,周围的人文风景与自然变换深不可测,飘忽不定。找一片合适自己的土地向前看吧,不要转身也不要回头。清溪流向江海,鲲鹏飞入广宇。相比浮动的尘埃,我是坚定的。

20160101

新年慈善音乐会

2015进行到最后一个月份的最后一个星期。

我是一名国际部高二学生。高中生活过半，人生刚刚开始。我有时开心，有时怅惘，一腔热血常常浇熄在贫瘠而倔强的现实土壤中。

很久没有心情再写一些文字。少有的时刻，或是午夜将至，盘腿坐在宿舍的床上，冻得手指僵硬不能动，勉强在手机一方窄窄的屏幕上打下几句诗行；或是上课时实在无聊，托腮望着窗口外的远方，想着世界和自由，在笔记本侧面随手写两段叹惋之词。

一年后的申请季魅影般时刻敲响着警钟，为每时每刻的奔忙正名，于是我也就顺从地投入生活这一川急流，不去想别的事情了。

然而今天，许久不想写字的我却想写点东西，关于刚刚结束的"北师大实验中学新年慈善音乐会"。

和Jessie一起担任学生社团"钢琴社"的社长，我其实颇为忐忑。小学学过几年琴，却迫于小升初压力放弃的我，高一时曾在钢琴社混迹了一年，知道社团虽办得不算风生水起，里面却藏龙卧虎，十级大神与不屑于考十级的大神比比皆是。也正因如此，在高二接管钢琴社后，我才突发奇想，提出了办一个"慈善音乐会"的主意。12月中旬，音乐会正式开始筹办，时间被确定在两周之后的新年前——仅仅两周的准备时间！

事实证明，一切看似艰巨的事情在真正开始做的时候都会变得无比容易——浩大的工程，在被拆分成一件件细小的任务后，都会变得琐碎却单纯。筹备一个音乐会，也是如此。

准备工作就这样如火如荼地开始了。

第3天，我们的活动策划案被学生处老师批准通过；也在当天，我写出新年慈善音乐会的第一篇宣传稿，推送在学校微信公众平台上，向表演嘉宾发出了召集令；随后的几天里，14位表演者及其演奏的20首乐曲名单被确定下来；紧接着，Jessie牵头解决了节目单和入场券的印刷问题。

出乎意料的是，音乐会最大的难题竟出在了演出场地上。新年将至，节日气氛浓烈，校园活动丰富多彩，教师联欢、话剧展演……新年前两周里的每一天，学校礼堂都被排得满满的，根本没有空隙。为了解决场地问题，我们可谓是费尽了心机，在课间、中午、放学后利用一切可能的时间，打电话、发微信、去办公室堵老师……第二周开始时，我们终于将音乐会的地点锁定在了初中部报告厅。

再之后的一切显得无比自然而顺利——撰写科普清新风的主持人串词；和主持人一起对稿、练习；通过三次微信公众号的推送销售入场券；忙中挤时间组织排练；威逼加利诱组织志愿者到现场服务；去初中部看场地、学灯控；做高端文艺风的舞台背景PPT……一件件细小琐碎的任务填充着时光，把日历一步步推到12月30日，今天。

开场前一个小时赶到报告厅，一边匆匆忙忙地搞定舞台、投影、灯光、入场、后台等一系列事项，一边斜眼瞄着观众席的落座状况从三三两两变成星罗棋布。

PPT就位。演出嘉宾就位。观众就位。主持人就位……

大厅灯光倏地暗下，我钻进中控室，推开舞台上所有面光的开关，透过窗户望着两位主持人上台，宣布"实验中学2016新年慈善音乐会"正式开始。

欣赏表演完全是个享受，而我独特的视角更是加剧了这种享受的快感。我能体会电教老师的乐趣——藏在一个隐蔽到不易发觉的房间里掌控全局。成为表演的一部分，却带着冷眼旁观的自由，这样的角度最容易触动灵魂深处的感动。

于是，现在的我坐在报告厅舞台侧面的控制室里，面前是一堆高深莫测的音量和灯光控制按钮。从窗口望出去，一束昏黄的面光下，身着黑色西服的表演嘉宾背对着我坐在琴凳上，两只手羽毛般翻飞，《肖邦叙事曲第一号》的旋律就如海浪般包裹着五味杂陈的情感将我紧紧缠绕。

肖邦自己的故事被写进了五线谱里，又在一百多年后的今天回响在古老的中国的一个中学的礼堂里，带给观众席上的学生、家长和教师们感动和思考。在演奏者与听众面对面交流越来越少的当今,一张光盘、一个Ipod似乎已经成为音乐的固定载体,甚至有学者预言,音乐会这种表演形式在二十年内会成为被遗忘的历史,音乐创作也将因为沦落为一种再生产的工业化过程而失去其独创性。

然而,我们却逆势而行,努力在忙乱而欢欣的新年氛围中开辟出两个小时的沉静,为同学和老师创造出一点直面自我的空间,为听众提供一个触手可得的、直接欣赏音乐生产过程的机会。我想,在如今的校园里,无论是组织还是参与这样的一场活动,都是非常罕有而宝贵的经历。

初进实验中学时,每每开校会,校领导们都会将"民主"二字挂在嘴边,似乎实验就是一切青春期少年们的天堂。那时的我颇为不屑地暗自思量:民主?大家都想废除考试每天出去玩儿呢,这能民主的了吗?

而这时再想,新年音乐会的成功真是举全校之力啊——提供指导和建议的团委老师、管理初中部报告厅的电教老师、抽出时间赶来捧场并从头听到尾的蔡校长、在舞台上光芒四射的钢琴家学长学弟们、捐出爱心购买入场券并高高兴兴来听现场的老师、同学和家长们……所有这些使我最初那个看似草率的想法得以实现的资源,都是"校园民主"为实验中学这片肥厚土壤提供的宝贵养分啊。

或许这才是民主吧——不是满足每个个体的每个想法,而是有想法的人，只要去做，就可以做到。

两个小时的新年音乐会为我们两周的忙碌画上了句点，也标志了这艰难而充实的一年的结束。晚安，2015。

明天再见。

―灯火―

20161213

灯火

——12月13号,我被哥伦比亚大学提前录取。整整一天,从早到晚,来自家人、朋友、老师的祝贺不断。晚上放学,回到空无一人的家中,我坐在落地窗前,一口气写下《灯火》这首歌。呈现在这里的是这首歌的歌词。

城市中那星点灯火
远方碎云几朵
晕染了这一则深蓝色
川流不息街道的车
旅人注定漂泊
今夜谁家团圆谁零落

生活总是充满了选择
获得却不一定快乐
悲伤总降临在不合时宜的时刻
得与失谁能看得透彻
谁能预测对错因果
某一年某一天许下的承诺

铃声响起带来了祝贺

电话挂断后满室沉默

眼前上演的百万个悲欢和离合

生活总是充满了选择

获得却不一定快乐

悲伤总降临在不合时宜的时刻

每天都是个奇迹

只是我们很少记起

生命之初那些美好记忆

作业本上彩笔画出花朵

放学说再见时的失落

现在回忆起都带着彩虹的颜色

窗前满映深沉夜色

街道喧嚣夹杂冷漠

提笔写一首安安静静的歌

安安静静的歌

给过去的我

20141121

当夜已深了

当夜已深了

灯光染上他银白的发

我愿侧耳细听

那散落在年华中的故事

若我因此怠慢了你

我的朋友

可别着急

这是时间啊

老去的时间

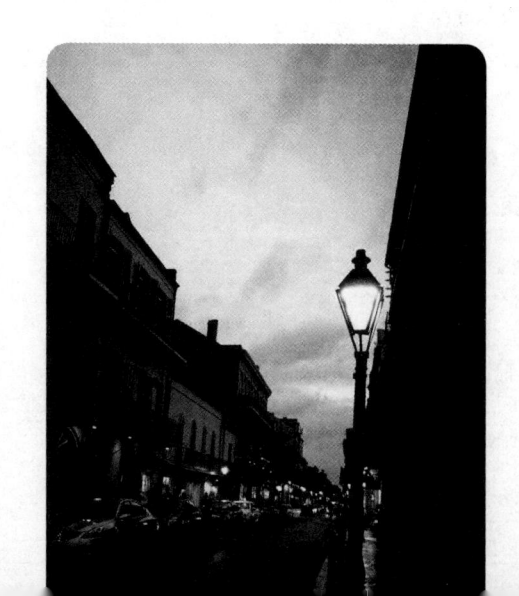

20141123

苍老

突然
。

20170625
苦痛

生活的苦痛
不是当你恨、
或泣、
或苦、
或绝望,
不是当你渴望而不得、
烦闷而不解、
拥有又失去。

而是当你爱,
以你的方式,
却扑了个空。

灯火

20150422

你

生命、
时光、
梦想，
和你。
汇聚在我心里，
仿若一首久唱不衰的歌谣。

20150613
今夜　我拨通你们的座机

今夜　我拨通你们的座机
只为听到你们的声音

电话在瞬时被接起
穿过一个市区的距离
你们争抢着听筒
声波映着夜的寂寥
荡漾在我心底

今夜　我怯懦地对你们说我爱你
不敢高声　是怕别人嘲笑我的感性
你们的愣怔
像刺中我的箭矢
残忍地割破了我的心

你们自顾自地夸起
那微不足道的点点滴滴
琐碎的问候被珍藏在心

而缺点如雪泥鸿爪
随时光悄然抹去

你们说你们知道
你们说我是你们的唯一
你们说我是天底下最好的孩子
你们说你们爱我胜过爱自己
你们小心翼翼地问我是不是发生了什么
又自嘲般地说自己激动得胡言乱语

而当你们这样说着的时候啊
电话那端的我不得不把听筒远离
我控制不住无声的抽泣
正如我无法阻止你们爱的讯息

我不后悔这突兀的通话
更不在意满脸的泪滴
今夜　我知道在世间的凄风冷雨中
总有一对老人在阳台的窗前等待
等待我的只言片语
等待我的归来或远离
欣喜或悲戚

他们在二楼阳台上默默凝望

那十八年如一日

不曾缺席的身影

就是我坚强的后盾

是我永远可以找寻倚靠的

归宿之地

20150617
回首向来萧瑟处

"我学游泳是在什么时候啊？"

"五岁。"妈妈答。

转眼就是十年啊。

十年里，我不会游泳。

小学时有一次参加朱朱同学的生日派对。不知道怎么想的，吃完了饭七八个小学生直奔游泳馆，互相打量了彼此的泳装片刻，然后跳进了水里。其实印象中大家都没怎么游，所谓的泳装派对不过是把聊天的地方换到了水里而已。但看着小伙伴们一脸泰然、气定神闲地漂在水面上，从心底就泛起一种默默的嫉妒来。

初二时去美国游学，在洛杉矶的一个水上公园玩。我穿戴整齐，手捧一杯可乐，端坐在岸边的阴凉下，看着一个接一个的小姑娘小正太从高高的水上滑梯的入口处跳进去，又从出口处掉进水里，咯咯地扑腾着、笑着。那时，我才终于体会到眼巴巴做一个 outsider 的孤寂落寞。

"婴儿生下来就会游泳，没见过谁学不会游泳的。"妈妈经常说。

其实并非学不会,是不想学会。

五岁的时候懵懂的我"被"上了游泳课。我学会了上下肢的动作与配合,也终于能在水里畅游,但不知为何,我就是不肯把头埋进水里。据爸爸妈妈说,那时小朋友们在水里排成一列,教练拿一根竹竿放在水面上,让大家一一从竹竿下钻过去。当轮到我的时候,我说什么也不肯钻。最后无奈的教练只得把竹竿抬起放我过去。

后来有一次,我游到泳池中间时刚好呛了一口水,然后整个人就慌了,凌乱中一边喝水一边扑通着下沉。在岸上盯着我的妈妈跳进了水里,把我救了上来。这件事成了我小学作文母爱主题的唯一题材。我想,在考场上一遍又一遍地誊写时,对游泳的恐惧或许就这样一点一滴侵入了我的心里。

借用冯至先生的譬喻,恐惧就像一条蛇,缓缓地、慢慢地、没有言语地缠绕在我心上。从此以后,碰到一次,心就疼一次,像是被蛇咬了一次。就这样,或许早就可以学会的游泳,因为这枷锁般的恐惧,渐渐变成了我找寻出路的借口。一次次笑骂中,一次次自我解嘲和安慰式的自我开脱中,度过十年。

有一次去书店逛,随手翻开一本叫《重口味心理学》的书,看了看里面有关恐惧症的内容,其中一个关于蜘蛛的例子让我记忆犹新。对蜘蛛恐惧症的治疗方法是这样的:首先,患者要用手指触摸蜘蛛的图片;下一步是戴着手套触摸活蜘蛛;最后才是用 bare hand 触摸活蜘蛛。另一个比较有趣的案例叫放屁恐惧症，因为童年阴影，患者害怕的是排出废气这种正常的生理现象，以至于它影响到了患者正常的人际交往。这本书的作者是这么治疗的：他带着患者来到早高峰的地铁里，在落座的同时用恶搞软件模拟出"Boooooo"的销魂声音，让患者观察周围乘客的表情。治疗很成功，患者不但成功克服了童年阴影，还爱上了这种恶搞游戏。

看这本书的时候我想：这些恐惧症患者是病入膏肓以及闲极无聊到了什么程度，才需要寻求专业的心理医生做这种治疗呢？恐惧如影，伴随我们一生，顺其自然即可呀，又为什么非要克服呢？

可事实证明我有些想当然地天真了。恐惧蜘蛛无伤大雅，但某些恐惧是某一天我一定要克服的。比如，游泳。

高一开学，我得知了惊天噩耗：下学期体育课要学游泳，还会有考核！临时抱佛脚，我和同宿舍另两位旱鸭子（Laurinda 和 Phyllis）极不情愿地选了每周五的游泳专修课。第一次上课，我颤抖着身躯、深吸一口气、把头埋入水下，半秒钟后触电般弹出水面、不住咳嗽。那个时刻，在巨大的后悔与惊惧的复杂交织中，我终于意识到——出来混总是要还的。恐惧本身并不存在，是人类的放纵给了它生存的空间。我们像东郭先生——或许只为一时口快，或许是因为一点点对自己的宽容——片刻的善心慢慢构筑成了一堵围城的高墙。而当猎狗狂吠着驱赶我们拔腿狂奔时,这堵围墙才真正变成了我们的敌人。

今年五月下旬,我被复发的肺炎撂倒,在医院输着液度过了"六一"节。刚上学没两天,就赶上游泳专修课,老师宣布:"快期末了,今天所有人必须考试。要求不靠边游八百米,如果是初学游五百。"

肺炎初愈、已经三周没有游过泳、之前最好成绩是三百五十米的我当时的反应是:"哦。"

原来,当必须要克服恐惧的那一刻以摧枯拉朽之势降临的时候,我们心中早已没了恐惧。我一言不发地扎入水中,以一种无法言喻的冷静审视着自己的动作和速度,默默地、慢慢地、一圈一圈从未停歇地,游完了五百米的距离。这是第一次,当我将头扎进水中四处张望的时候,我注意到水下深蓝色的晶莹世界是多么美丽、感受到耳朵被水充满时的寂静是多么令人安心。我一口气潜到终点,手指轻触上游泳池的瓷砖,心中悄悄舒了一口气。

是的,没有征服的快感,有的只是完成测验后那悄悄舒的一口气。很多时候,我们在努力中一点一滴地掌握了征服恐惧的能力,却还差最后的一推逼我们走出征服的那一步。如果没有环境的推手,或许我们会永远认为自己不行。

总之,考完试后的游泳课竟渐渐变得可爱起来。当听说高二我们将失去上游泳课的机会时,我对每一次课更多了一些珍惜。这天，我们刚上完游泳课，听闻外面下雨了。于是，我披上校服外套，把左边的袖子慷慨地分给 Laurinda，两人一起说说笑笑向教学楼走去。

天气真的阴沉起来了，但是雨不大，只是淅淅沥沥地打在操场的几摊积水上，搅动起几乎不可见的涟漪。我晃着手里的包，取笑着 Laurinda 头顶袖子的怂样，慢慢悠悠向前走。突然，我们俩都感觉到雨滴稍稍密集了些，冰凉地打在头顶，好像有要变大的趋势。"快跑吧！"我们撒腿狂奔，三下两下就冲进了教学楼。

刚走进教学楼，就听到门前传来一阵惊呼声。我们应声回望，只见门外转眼间已是乌云压顶、大雨瓢泼！雨点如豆，铺天盖地般连成了雨帘，哗啦啦地笼罩了整个世界。

我们俩心有余悸地对视一眼："如果咱们晚了一分钟……"

虽然没带伞，我们还是上楼收拾好书包，准备冒雨跑回宿舍楼。下楼的路上，碰到很多满脸愁容四处借伞的同学。结果，当我们穿过忧心忡忡的人群走到门外时，才发现雨已经停了。夏季的暴雨像急性子的男孩子，咆哮着来临，五分钟后又一言不发地离去了。天微微放晴，空气中还散着雨水的香。无论曾经多么狂暴，如今离去之后，也只不过剩下些微弱的痕迹罢了。

正是："回首向来萧瑟处，归去，也无风雨也无晴！"

— 写字 —

20160104

写字

有时候我什么都不想
只想写字
让墨迹充斥灵魂
把白纸变成宝藏

有时候我想得太多、太久
只能写字
铅字排空心事
把稿纸变成坟场

借着冬至的北风
攀上恐惧的柴
在心绪的草原
野火放肆起来

乘着火吧

成把火吧

把这个三维世界

烧成张白纸

二维的世界

有烦恼否？

有不安否？

有明天否？

写字

20151125

删除

打出一行文字

犹豫零点一秒后

全选 删除

好像吞下一口苦酒

苦在嗓间

疼在心里

荧光屏上的倒影

我像条水底的鱼

瞪着凸出的泡泡眼

盯着水波粼粼中倒映的

折射到扭曲的自己

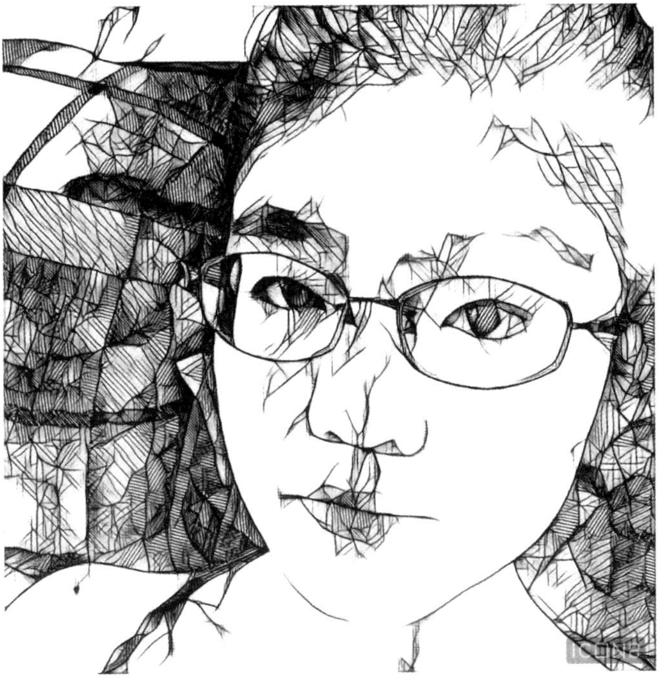

20160304

一九八四
——看乔治·奥威尔《1984》有感

黑可以是白
白可以是黑
二加二可以是五

世界可以存在
人类可以全能
物质可以无声地泯灭

历史可以改写
未来只能臆测
在那个未知的
一九八四

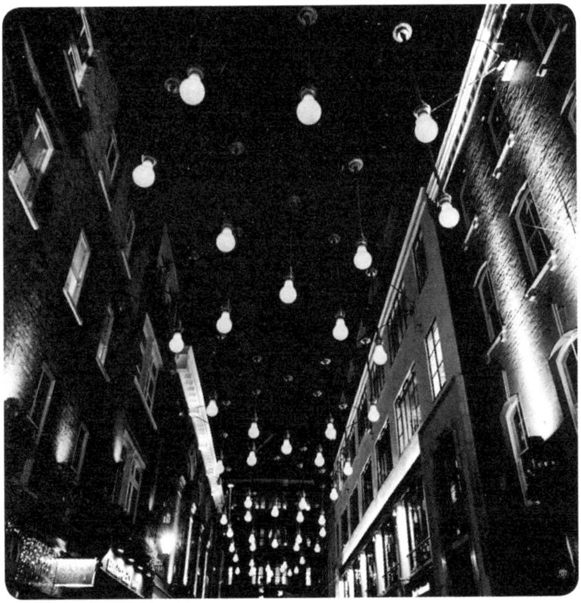

20160311

卑微

——看加西亚·马尔克斯《迷宫中的将军》有感。这本纪实性的小说讲述了拉丁美洲解放领袖玻利瓦尔的一生,书名来源于传说中玻利瓦尔的遗言"我该如何走出这迷宫"。迷宫的比喻,把一个理想破碎的英雄生命将尽时的迷茫与绝望生动地表现出来,让原本对他一无所知的我忍不住落泪。诗中第二段话用了马尔克斯的另外三部小说《枯枝败叶》《没有人给他写信的上校》和《百年孤独》的题眼。

卑微的人
一生在迷宫里

卑微的人
一生在迷宫里
把高墙视作命运
出口视作明天

卑微的人
一生枯枝败叶
一生没有人给他写信
一生孤独

卑微的人
在逃避什么呢
惊惧着
用一生建起共和国光荣的明天

当生命蔓延至最后一息
统一大陆的理想分崩离析
卑微的人
绕了一圈又回到了原点

20160125

麦田（1）

——麦田的隐喻来自于 J.D. 塞林格《麦田里的守望者》

是谁把田野变成了这般模样
又让无知的少年在刀尖上奔跑
一片金黄的墓场
遍地开满小麦瑟弱的舞蹈

深渊在愈发接近的早晨
掉落的是个躯壳
而死亡不过是另一场
标着永恒终点的飞翔

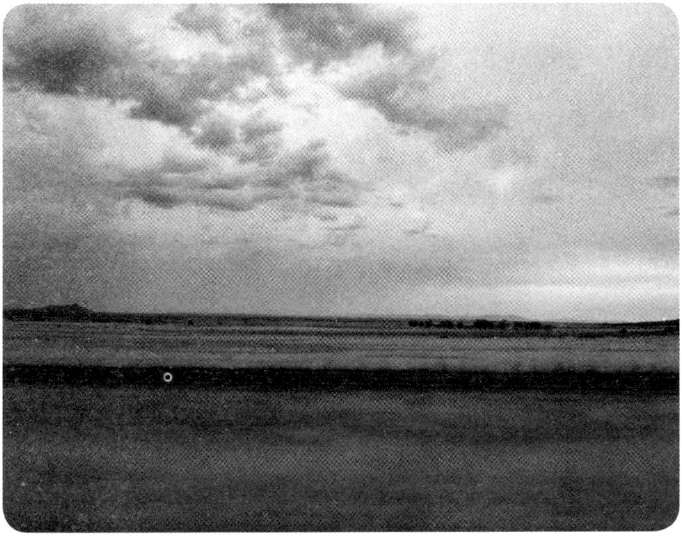

20170428
麦田（2）

我终于明白为什么艾略特说四月
是残忍的季节：
她给普通人以希望，
却给绝望者以更深的绝望。

我在四月的末尾
走到了派对的终结。
才意识到
这场漫长的派对是为了告别。

有人说，如果不看结局
坠落也算是飞翔。
我趴在塞林格的悬崖旁边最后看一眼麦田。

一阵东风刮来。
一切即将开始。

我在四月的末尾,
走到了派对的终结

20150419

寻找卢塔斯

——卢塔斯，即英文 Lotus（莲花）的音译。

先生游南镇，一友指岩中花树问曰:"天下无心外之物，如此花树，在深山中自开自落，于我心亦何相关？"先生曰:"你未看此花时，此花与汝心同归于寂。你来看此花时，则此花颜色一时明白起来。便知此花不在你的心外。"
——王阳明《传习录》

我让自己沉睡在你心里
静默的
深沉的
一池碧绿的春水下
一朵等待夏季的莲花
"卢塔斯"你唤道
找寻的路向来艰难
四月残酷的花季
少了一抹婀娜

我不在天上
不在宇宙如尘的繁星怀抱里
不在地下
不在凝滞着芳香的泥土心间

我不在时间里
不在亿年前的冰川上静坐
也不在坍缩的未来盛开
更不在永恒里
不在赤壁旁唱一曲莲花落
也不在断桥边闲来无事地望月兴叹
青天有月
离这蓬蒿的世界也太远了些

毋仰头　毋颔首
你白费工夫　空得一身疲倦
"卢塔斯"
你茫然四顾
怕自己再一次空手而归
却忽地想起五百年前
一位白发老者

眼耳鼻舌 色声香味
大千世界在他
不过"知行合一"四字而已
格竹落下的胃病
竟一生也没痊愈
他颤巍巍的手笔直
眼角绽出难得的笑意
"心外无理,心外无物。
又怎会有荷花?"

你点点头
老者的背影消失于
一片光芒
那是尘世凡夫无从理解的
决绝入世的洒脱

"此心光明啊"
公元二〇一五年
春光乍暖 细雨微寒
两口瑞奥下肚 你抿抿嘴唇
却在如烟浮生中听闻一声游丝般的叹息
"此心光明 夫复何求!"

指尖轻颤 百分之六的酒精灼烧喉咙

若有若无的恍惚

"卢塔斯"你默想

你看到花儿亮起 花瓣羞红了脸

"你

可在我心中?"

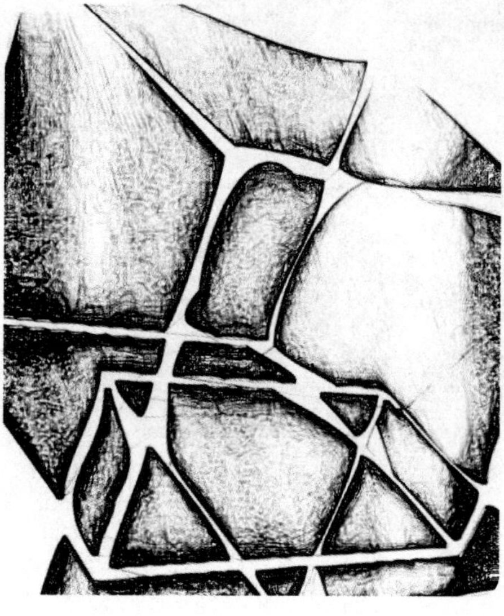

20160925
碎

在木质的明天
把梦摔碎
在震耳欲聋中
流下热泪

20160301
心动

默然不知如何的片刻
耳机选中一首紧抱住我的歌

一首从未留意的 B-side
一段小调而忧郁的副歌
一支喜欢到感觉都已褪色的乐队
让已经定格的一切再次鲜活

以为自己会泪流满面
可终于只是眼眶微酸

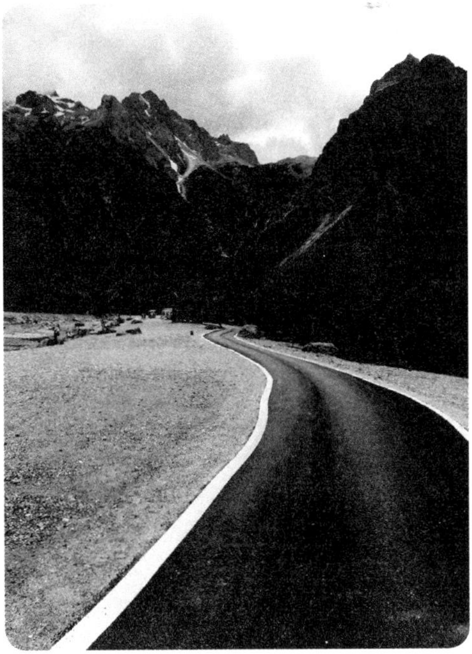

20160303

看Blur乐队访谈有感

——Blur，英伦摇滚乐队，成立于1989年。

不是容易爱的人
喜欢上什么都慢了半拍
于是永远
追逐去世的作家 解散的乐队
即使身处午夜巴黎
也一往无前地迷恋上个世纪的黄金时代

用三年的豆蔻年华
聆听九十年代的吉他
颓废和压抑
荒凉与愤怒
郁积成英伦的百家争鸣
和我心中永远的回声

20160823

Catch in the Dark
——听Catch in the Dark by Passenger有感

棉花般的雪瓣
栖在茅屋的檐

口琴声悠扬
思念的痛拉出绵长的丝
路边的灯画出了
渐行渐远的影子

火苗的海洋中
苍渺的一滴泪

天色未亮
伊人已去
罢了

20160819

我和世界之间
——听Golden Leaves by Passenger有感

我是个旅人
坐在时间的车厢里
世界从敞开的车门前走过
给我看它的侧脸

其实列车是静止的
是脚下的土地在转动

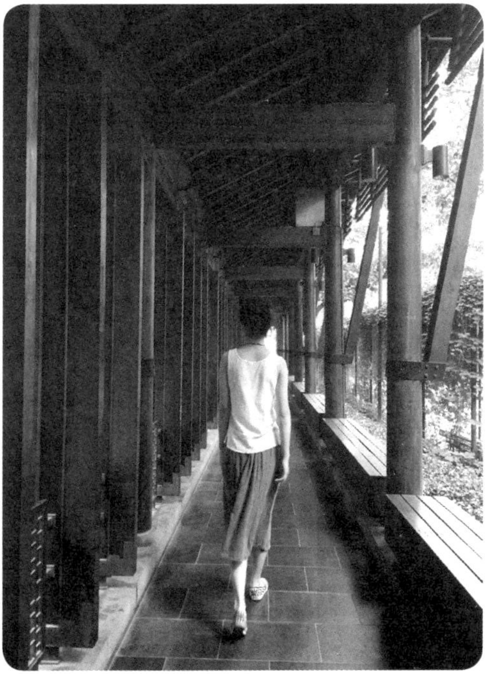

20150828

西湖一梦
——观昆曲《白蛇传》有感

锵锵锵锵锵楞里格楞
无湖的西湖上
未断的断桥边
上演起西湖一梦

绣着鸟凤鱼龙的淡粉衣衫
纯黑布鞋在台上碎步兜几圈

镗！衣衫飞起又落下
——干涸的湖心中间
唯一一朵风中起舞的荷花

二胡琴弦几转
台上演员也鱼龙般旋转

精心安排的表演，细致到第几秒第几拍
丑角的笑传递出几分阿谀几分俏皮又几分淡然

没人情愿入戏太深,无论观众或演员
幕布闭了,观众叫好了去
一台戏就这么散了

我在梅兰芳大剧院的红墙白瓦下
戴着耳机想生命随时间绽放或凋零的种种解答

最终思绪还是回到舞台上
看那涂着胭脂的小生挥舞衣衫时袖口扬起的风华

20150410

再问艺术是什么
——读《道林·格雷的画像》

I

艺术是什么?

II

古往今来,多少人曾思索过艺术是什么,又有多少人曾义无反顾地投身于艺术的道路上?时间像一条顺流奔腾的大江,冲刷过森林和沙漠、城市和村庄,将一切打磨成无垠的原野。帝王将相的功名往事淹没在野史和村妇信口编撰的故事中,一个又一个文明消亡于水域两旁,可艺术的光辉似乎是不朽的。石器时代,阿尔塔米拉岩洞里,就有雕琢着野牛、猛犸等动物的彩色壁画;文艺复兴时期,米开朗琪罗用一座座精美的大理石雕塑镌刻人体的美,《大卫》《摩西》至今还保存在欧洲各博物馆内受人瞻仰;而在远隔大洋的中国小学生的课本上,也仍印着达·芬奇画鸡蛋的逸闻趣事。

有人说艺术只是生活的附属品,是可有可无的,可世界各地,无数画家、作家、演员和音乐家忍受着饥寒交迫,行走在这条窄窄的独木桥上；有人说艺术是保证高品质生活的必需品，是明码标价的，可放眼全球，无数商人、富二代和暴发户疯狂地用工艺品、雕塑、油画等艺术品装点着自己的豪宅，却似乎总是南辕北辙。两年前，逛798时，"艺术是什么"这个问题让我忧愤而又苦苦思索，回家后，奋笔疾书，写下《艺术是什么，我不知道》这篇文章。时隔两年，是奥斯卡·王尔德所著的《道林·格雷的画像》这本小说令我再次思考艺术的意义。

III

有人说，艺术是一触即破的泡沫。

在与道林·格雷，一个性格单纯、面容姣好的贵族男子陷入热恋以前，希碧儿只是个三流剧院的女演员。她面若桃花、腰肢细腻；她的表演不加渲染却精美绝伦。生于穷苦人家，她没有精力欣赏艺术之美，表演对她来说只是谋生的手段。可认识道林之后，她再也无法表演了，她的演技变得生涩僵硬。她说：

"You taught me what reality really is. Tonight, for the first time in my life, I saw through the hollowness, the sham, the silliness of the empty pageant in which I had always played."（你为我揭示了真正的现实。今夜，人生中第一次，我看透了这些空壳般的角色的浅薄、虚伪和愚蠢。）

这是现实与艺术对抗的典型案例。当穷困粗鄙的生活要将人击垮时，人们只能选择遁入艺术的空门；可当现实的甜蜜将人席卷时，艺术又显得单薄而无力了。可现实真的是甜蜜的吗？

艺术真的是虚假的吗？或许，当希碧儿看到自己表演的角色的浅薄和虚伪时，她其实看到了现实，看到了自己未来的悲惨命运。

而现实这样发展了下去：希碧儿表演水平的一落千丈让道林非常愤怒。对于他来说，希碧儿不过是一个完美的演员而已。演员失去了表演的技能，还剩下什么呢？于是，愤怒的他抛弃了希碧儿。回到家后，他逐渐冷静了下来，可为时已晚——单纯的希碧儿已经服毒自杀了。

二十年后，道林在一家妓院误打误撞地遇到了希碧儿的哥哥詹姆斯。为了复仇，詹姆斯已经找了道林整整二十年。但他不知道道林容颜不老的秘密，因此，当他在路灯下看到了一张二十年岁年轻人的脸的时候，他认为这不可能是那个二十年前抛弃了自己妹妹的人。就这样，他把道林放走了。后来，詹姆斯终于知道了真相，气急败坏的他一路追查，找到了道林的猎场，却被道林的朋友误杀而死。希碧儿一家的故事到此结束了。

这是现实？可这比小说情节更戏剧化。这是艺术？不，亨利爵士说了，丑陋的勾当太多，这样的故事不配被称作艺术。人生这场大戏，很难说哪场是悲剧、哪幕是喜剧。所有人都是受害者，这倒是真的。

唉，现实总是比艺术更虚幻、更虚伪。

IV

有人说,艺术是人生的镜子。

贝西尔是位专注的画家,结识了道林后,他被道林的美折服了。一个温暖的下午,他把好友亨利爵士介绍给道林,同时给道林画了一张画像。这幅作品被他视为自己艺术生涯的巅峰之作。奇怪的是,他不愿意将这幅画送去展览,甚至于永远不希望世人见到它。多年后,他终于将自己的秘密透露给了道林。原来,令贝西尔恐惧的是,他在这幅画作中看到了自己的内心。他看到了自己的艺术生涯对道林的依赖,看到了道林在自己身上的强大影响力,看到了自己的致命弱点。

奥斯卡·王尔德曾改编过一个神话故事:纳希瑟斯是一位美男子,他陶醉于自己的美貌,以至于每天跪在河边对着河水端详自己的容颜。一天,悲剧发生了。他不小心跌入水中,淹死了。一位天使哀悼纳希瑟斯,来到河水旁边,问那河流:

"纳希瑟斯的美貌是什么样子的?"

河流也正在哭泣,听到这问话,它答道:"我不知道。"

天使吃惊地问:"每天纳希瑟斯都凝眸于你的脸庞,你怎么会不知道他长什么样子呢?如果这样的话,你在哀伤什么呢?"

河流答道:"我从来没有注意过纳希瑟斯的美丽,因为每次他跪在我身旁时,我都会在他的眸子里端详我自己的美。"

在这本书短短的序言中,王尔德写道:"It is the spectators and not life, that art really mirrors."(艺术所

反映的，与其说是生活，不如说是观赏艺术的人自己。）西方有"有一千个读者，就有一千个哈姆雷特"一说，佛教里也有"看山是山、看山不是山、看山仍是山"的禅语，可见艺术如一面宝镜；艺术的形式，不管是油画也好、街头涂鸦也好，不管是雕塑也好、装置艺术也好，都不过是镜子的样式花纹罢了。真正映衬出来的，是"照镜子"的人的内心。

V

亨利爵士是个老于世故、油嘴滑舌的享乐主义者。他为道林揭示了人生最宝贵的财富——青春与美貌。美貌会随着青春的逝去而凋零，意识到了这一点的道林许下了一个疯狂的愿望：他希望自己能够永葆青春容颜。

说者无意，听者也无心，可道林的愿望真的变成了现实。贝西尔为道林画的画像随着岁月的流逝变得衰老、颓废，可道林的外貌却没有丝毫变化。一步一步地，他被亨利爵士影响着，逐渐也变成了一个以自我为中心的享乐主义者。他追逐一切"美"的事物，摒弃"丑陋"的世俗和美德，因为美德会让一切变得现实，而现实很不"美"。他尽情挥霍着、享受着。利用纯净无瑕的外表，他毁了无数年轻人的生活，自己却漠不关心。

道林的容貌可以欺骗其他人，却骗不了他自己。回到家，他时常会检查一下那幅画像上的自己。那才是真正的道林——皱纹密密麻麻地排布在额头上，嘴唇扭曲成残忍的形状，手上还沾有毁灭的鲜血。古人说:"以铜为镜,可以正衣冠;以史为镜,可以明得失。"奥斯卡·王尔德聪明啊,他用"画像"这个绝妙的设计向我们证明了艺术的意义——宛如明镜,照见自己。

我们需要艺术,因为艺术的虚幻与虚伪,因为我们在艺术中可以洞察自己的灵魂。"There is no such thing as a moral or an immoral book. Books are well written or badly written. That is all."(并不存在道德的书和不道德的书之分,只有写得好的书和写得烂的书之分。就是这样。——奥斯卡·王尔德)《道林·格雷的画像》出版后,舆论大哗,很多评论家发表社论讨伐王尔德,将这本书批判为浮华的、毒药般的垃圾作品。可这些评论家并没有意识到,他们的态度恰恰是自己打了自己的耳光。在书中看到垃圾和看到宝藏的人,他们看的书是一样的——不一样的是他们的内心。

《道林·格雷的画像》让我思考艺术在人们生活中扮演的角色。我想艺术可以带给我们深刻的刺激和长久的思考,关于自我,关于人性,或是关于这个现实的世界。

——我不知道生活将怎样继续——

20170329

我不知道生活将怎样继续

我不知道生活将怎样继续。
金色的山谷间，
三千座含羞待放的玫瑰花园，
我前途无限，目光短浅，
空载满怀的期待和爱情。

我不知道生活将怎样继续。
星空之下，旷野辽阔，
看不见远方千万户人家的灯火。
我不该哭泣，
可偏偏我在哭泣，
渴求如婴孩般返回母亲的温暖子宫。

我不知道生活将怎样继续，
它不肯告知与我。
极目远望，我只看到城市边缘风的黑色，
比海更冷。
那里不是终点，
那里只是我的必经之地。

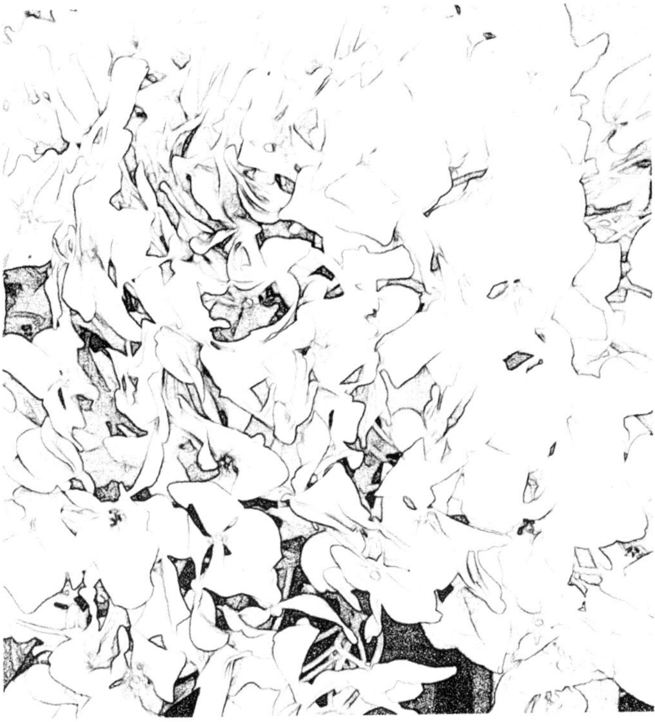

20160114
朋友（1）

当寂寞不再是借口
我成了孤独的朋友

20170301

朋友（2）

孤独是我的朋友。

我以它为食，

以它为盾，

以它为傲。

也以它为耻。

20160121

粘

贪睡的味道并不美好

抵抗终告徒劳

仿佛记忆滞留在 2008 年的夏天

年味却忽然提醒那是八年之前

一人　一笔　一间房

姥姥姥爷絮叨的声响

沉默　喧嚣　期待地盼

躺在床上天马行空耗尽了夜晚

都说一切皆有可能

但明明就什么都不曾发生

天空沉寂下来的时分

自问自答的仍是孑然一人

20160113

冬日格外清凉

有时你想在夏天冲个热水澡
感受暖意从毛孔钻进血液
从末梢注入心脏
聆听僵硬的身体
被春意卷席

有时你想在冬日嚼几块冰
听分子碎裂的声音扯远思绪
唤醒熬化了的感情

如果孤独扼住了你的咽喉
那就随它去吧
有时夏天需要温暖
冬天也需要清凉

20160316

间歇性发作（1）

——第二段引自《秋日》，作者里尔克，译者北岛。

某时某刻
巨大的孤独如潮汐
把我晾在大海汪洋中
我独自一人
像一座荒岛

"谁此时没有房子
就不必建造
谁此时孤独
就永远孤独"

浪潮终将褪去 一切如烟

海洋变成陆地

沙漠开出玫瑰

阳光把最后的露珠炸得粉碎

彼时孤独便成了影子

默然不语

暂住我心

20160603

间歇性发作（2）

我存在于此
如一颗苇草
随春风瑟缩

我是个孩子
如一把利刀
钉在世界的乳沟

当空气颤抖
母亲的胸口流出血来
我开始哭泣

我知道
我不是病灶
我只是个探针

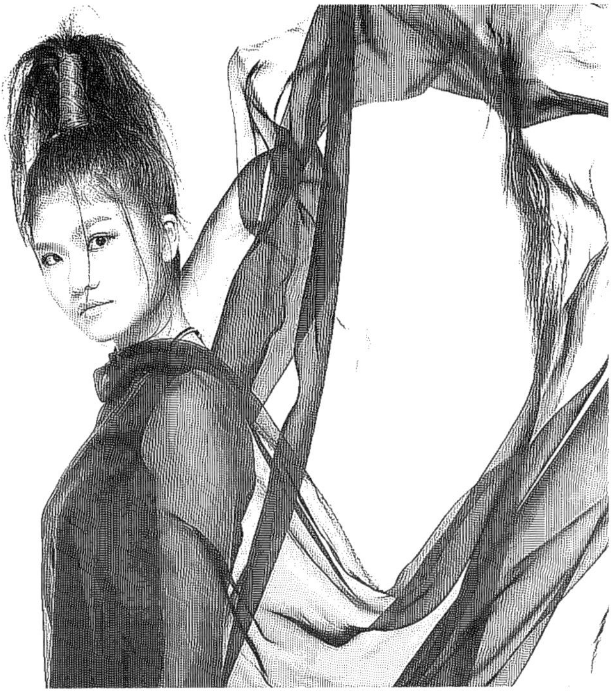

20160614
间歇性发作（3）

繁忙于我便是空虚，
迷失自己便是意义；
夏日的花朵无论何其艳丽，
结了果实后都会委于大地。

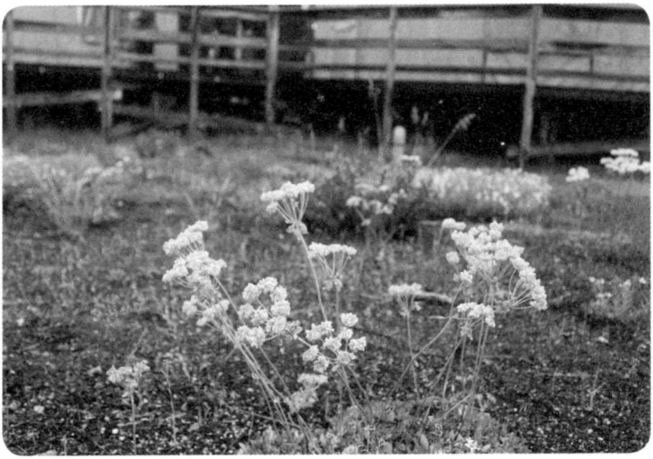

20151229

等式

孤独是种快乐
寂寞是种美好
明天是种绝望
死亡是种坚强

20150901

分离聚合皆前定
——关于《红楼梦》中宿命论思想的一些联想

"为官的,家业凋零;富贵的,金银散尽;有恩的,死里逃生;无情的,分明报应;欠命的,命已还;欠泪的,泪已尽;冤冤相报自非轻,分离聚合皆前定。欲知命短问前生,老来富贵也真侥幸。看破的遁入空门,痴迷的枉送了性命。好一似食尽鸟投林,落了片白茫茫大地真干净!"

对于中国人来说,这首在《红楼梦》第五回中就出现的曲子《飞鸟各投林》可谓家喻户晓。蒋勋曾评论道,《红楼梦》在开头就揭露结局的做法既戏剧化又冒险。然而,不会有人因为知道了结局就合上小说,因为故事不进行到最后,没人能参透结局的奥秘。

警幻仙姑把天机泄露给贾宝玉,自然是希望他能洞悉"好一似食尽鸟投林"的真谛,从此不再四处留情,专注学业、投身宦海。可惜"痴儿竟尚未悟",连仙姑也拿宝玉没有办法。多年后,即将成人的贾宝玉与平行世界中的自己终于有了交集。他和甄宝玉相似境地中迥然的人生态度形成了鲜明的对比:"假"宝玉仍挣扎在"悲金悼玉"的"风月情浓"里,"真"宝玉却早已怀揣着鸿鹄之志投身于"官俗国体"之中了。

如今的我们旁观着大观园的悲欢离愁不胜唏嘘，可戏中的人呢？他们何曾察觉过彼此生命轨迹中偶然交叠部分中暗藏的玄机呢？

虽然时常深陷于无法预知未来的恐惧中，有一点古人们是确信不疑的——一切都是命中注定。

中国古代人是迷信宿命论的。北周《步虚辞》里即有："宿命积福应，闻经若玉亲。"孔子也曰："君子有三畏：畏天命，畏大人，畏圣人之言。"宿命论意味着让步：人一生的贫富和寿数都受到既定的限制，只能顺应天意才能积福消灾。"生死有命"、"富贵在天"都是这个意思。

外国人也有迷信宿命论的。古罗马就有"顺应自然"、"服从命运"的主张，希腊也流传着一个神话，说人的命运操纵在命运三女神的手里：克洛托纺织生命之纱，拉凯西斯决定人寿命的长度，当指定时间一到，阿塔罗波斯就大剪一挥，了结人的生命。相似的概念也出现在阿拉伯语中：The Alchemist 这本小说中，"maktub"这个词语被反复提及，意为"it is all written"（一切都已注定）。这些都反映了我们的先祖对命运的敬畏之情。

然而，在近代，宿命论开始受到唾弃，变成了很多人口中的"封建迷信观点"或是"逃避现实者的托词"。罗曼·罗兰说："宿命论是那些缺乏意志力的弱者的借口。"这与人们踏入所谓的"科学"时代有着密不可分的关系。的确，工业革命后，创新发明的数量开始级数倍增长,凡尔纳小说中的情节一段段变成了现实。随之膨胀的,是人类对自我能力的估计。这种自信,和"征服自然""闯出太阳系"等言论类似,说得直白些,无非是井底之蛙统治了井水后对天空的大放厥词。然而,这种傲慢不但没有及时受到纠正,反而在很长一段时间内深入了人心。因此,坚信"在绝望中寻找希望,人生终将辉煌"的我们,自然是不愿接受"命里有时终须有,命里无时莫强求"的说法的。

然而,相信自由意志的人们往往会发现现实的残酷。正像亚瑟·叔本华写的那样:"大家都相信自己先天是完全自由的,甚至涵盖个人行动,而且认为在任何时间他都可以开始另一种生活方式……但后天,从经验上,他会惊讶地发现自己并不自由,而是受制于必需品,而且不顾他的所有决心,他无法改变自己的行为……"

在这种对人类能力的过高期望落空的时刻,人们总是要回到宿命论的怀抱中。寻根溯源,人类内心对安全感的渴望才是决定性因素。事实上,几千年前,宿命论的产生就是为了平息人类对不确定性的恐惧。从对风暴雷电等自然力量的惧怕,到对君权神授的统治阶级的服从,再到对生活压力的疏解……

以一己之力抵抗着变化无常的我们,骨子里谦卑又渺小。而命运,恐怕是漫漫长夜中唯一的慰藉了。

这大概也是《红楼梦》充斥着宿命论调的主要原因。曹雪芹在小说第一章说自己"今风尘碌碌,一事无成""实愧则有馀,悔又无益之大无可如何之日也!"幼时富贵的他长大后历经家业凋零颠沛流离之苦,不得不靠友人接济度日,最后在贫病交加之中去世,一生可谓波折。再看《红楼梦》中的主人公们:黛玉自幼父母双亡,寄人篱下;宝玉为情所困,最终看破红尘,剃发为僧;宝钗冰雪聪明、花容月貌,却只能接受现实嫁给一个不爱自己的男人;还有"终陷淖泥中"的妙玉,含冤死去的秦可卿、晴雯……他们没有做错任何事,可悲剧就这样降临在了他们的生活中——是承认这个世界的不公平,还是用"命中注定"的理论完美地解释一切?

  曹雪芹选择了后者,因此黛玉的人生成了一场还泪之旅,而她和宝玉夭折的爱情则被装饰成了一段从天上延续到人间的美丽童话。

  换做是我们,大概也会这样选择吧。毕竟相对于人生的残酷,还是 all things are written 的解释更容易被接受一些。孰真孰假,甚难料定。

— 问答 —

20170329

问答

见信如唔。
有几个小问题请教——

死亡是动词,名词,还是形容词?
死亡有颜色吗?死亡有味道吗?
死亡有起点吗?死亡有终点吗?
如果坚持着活下去的信念,一刻也不动摇,
我们还会死吗?

最后,
有人可以永生不死吗?

来信收悉。

你知道吗?
河流不会在寒冷的冬季完全冻结,
花朵不会因为枯萎丧失美丽,
南飞的雁会在春暖花开时再度飞还。

我的妈妈曾说,
因为有了我,
她不再恐惧死亡。
因为我,是她生命的延续。

我想,
我们不会因为死亡而结束生命。
正如花谢了种下种子,
雁走了留下来年的约定。

因为,
当你看到这段话时,
我也在你身上
找到了我生命的延续。

20161231

两面

我们的心是孤独的也是热闹的

是清高的也是世俗的

是纯洁的也是不堪的

是渴望被理解的也是故步自封的

是冷漠的也是敏感的

是自私的也是忘我的

是没心没肺的也是多愁善感的

是被爱得理所当然的也是惶恐而感恩的

是勇敢的也是胆怯的

是欲念的也是单纯的

是挣扎的也是满足的

是沉浸于昨天的也是活在当下的

20150119
快乐

沉浸于当下
而不妄想未来　留恋过往
用一点一滴的快乐
填满遗忘方向的灵魂
告诉自己
这就是期待已久的充实
大家都是这样
麻痹自我的吧

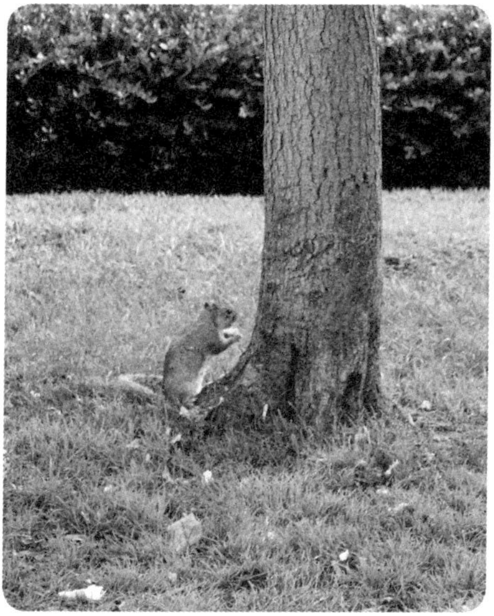

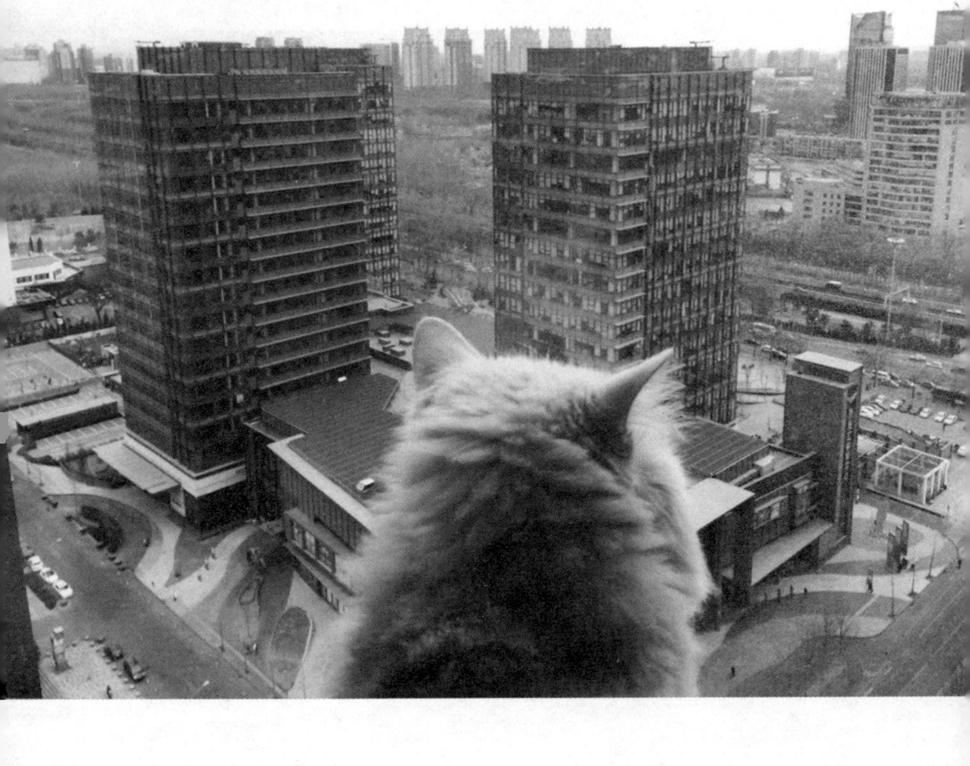

20150302
一地年华

时光打下一地年华
总是伤悲

20151013
我能理解

我能理解为什么海天一色
宇宙为一,视平线内不需要第二种色系
我能理解为什么天地相离
伟大成了一体也就失了意义

我能理解为什么人需要彼此
朋友相伴的时光总是能消融悲伤
我也理解为什么人需要孤寂
欢喜虽好,毕竟不长

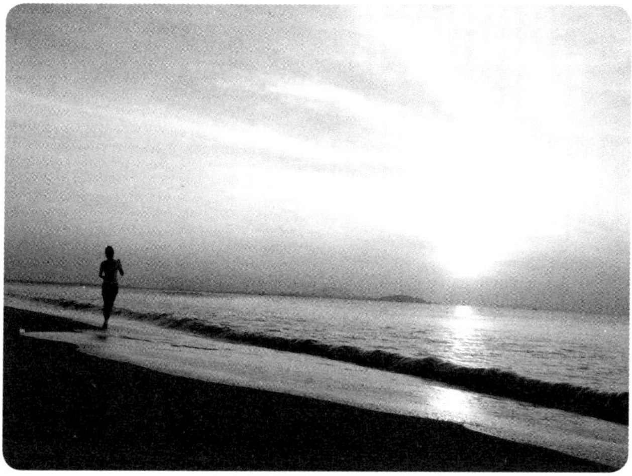

20160111
逝去

说消失就消失,一个人怎么能
轻薄得好像一片云
飞过田野和乡村
在夏日的阳光下蒸腾成
水汽,消散于下个雨季的和风

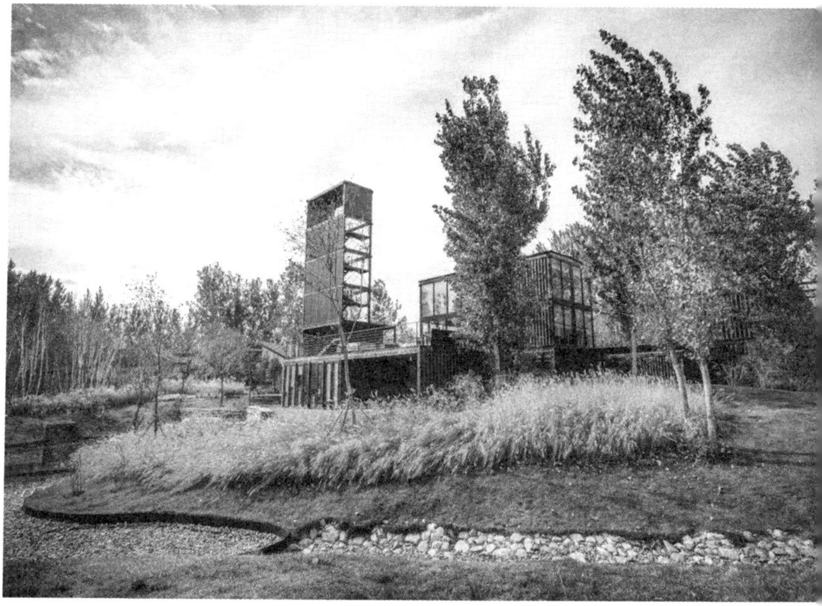

20160315
相爱

不必念及自己为对方的点滴
不必想起对方为自己的失去
不问过往,不念来日

20161231

升级

抓到一把主*的瞬间

体验了虚荣

体验了血液里对金光的渴望

体验了欲念轻狂

如果人生如牌

我宁愿用一手烂牌输得漂亮

也不愿摸一副王牌来

稀里糊涂地赢了满场

＊指打升级的时候抓到很多主牌

20170302

皮囊（1）
——读蔡崇达《皮囊》有感

载着脸庞、喧哗、和昨日的
列车走了，留下一串隐晦的回响。
平原之上，未满之月出于东山，
风萧萧、吹过贫瘠的荒原。

一切开始的时候，火
即将熄灭。
心已经走了，乘着车，
皮囊焦灼。
夜晚篝火中，
身体裹着水汽扎根在谷地。

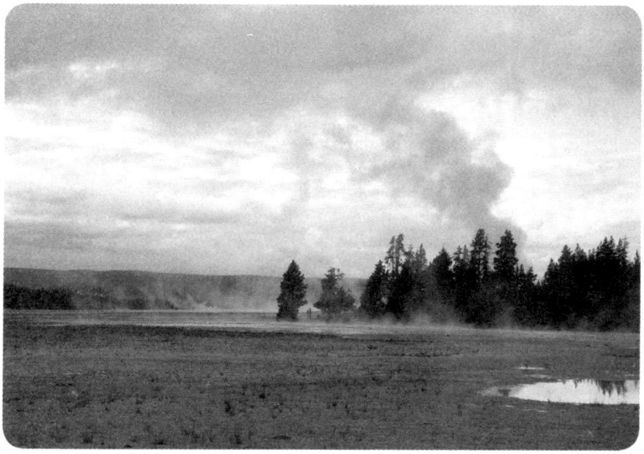

20170310

皮囊（2）

天上的星星落了，
北风卷地，
草木弯折。
我从天上被刮了下来，
踮着脚也碰不到地面，
只在半空中飘着。

我可能是
死了，灵魂跑了。
空留一副轻飘飘的皮囊。

20170308

皮囊（3）

窗台泄漏的阳光把春天吃了，
盘子里剩下散落的
午后篮球的声音。

旅人无法回忆
暮春初夏的那场谋杀，
尽管他们将亲身经历。

当皮囊在盐味中受苦，
我们的灵魂挣脱开来，
向夏季的终点飞去。

20170316
皮囊（4）

肉身终将困顿入眠，
可那永不熄灭的思维之火啊！
即使在最残忍的四月，
你也将陪伴我求索四方，
教会我摆脱身体的负荷，
遁入零落的故乡。

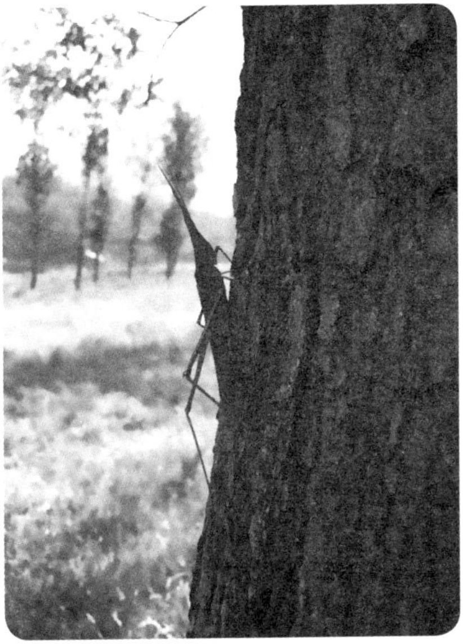

20170301

别亦难

1

我该如何道别?

2

挥一挥衣袖,
别独立在街口。

3

仰头四顾。
星辰不会吐露明日的光景,
只指引了来时的路。

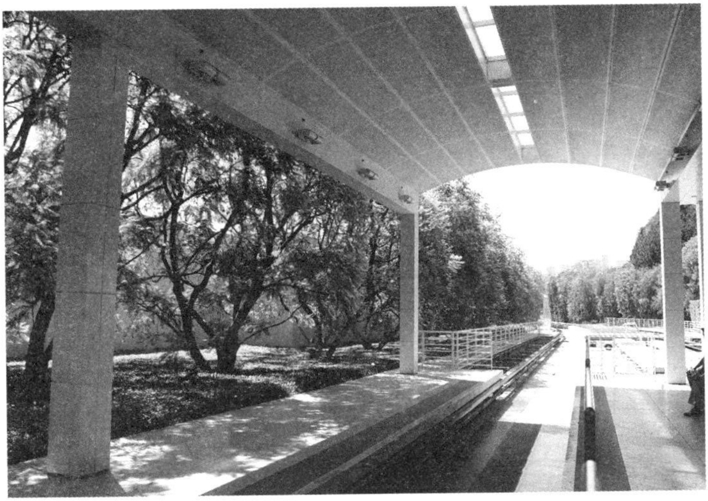

20150916

存在

我是时光荏苒中

落叶上滴下的那颗白露

是彩云旋转时

天空西方的那粒明星

当露水干涸于阳光的温暖曝晒

当星辰陨落在宇宙的一角长虹

是否还有一分子的空气

或是星际间一丝的微尘

记得住我的形容?

灯火

20141208

历史和预言
——再读《动物农场》

尽管乔治·奥威尔在出版《动物农场》时坚持在书名里加上"童话故事"四个字，但大家都懂这是本政治寓言。《动物农场》影射上世纪国际共产主义运动民主表面下的暴力极权统治，几乎是一本缩略版的苏联简史。不仅是苏联，这本反乌托邦小说对社会主义社会的历史和未来都做了深刻的思考。

自古以来，人们就没有放弃过对理想社会的寻找。孔夫子为理想社会中的完人定下了"仁义礼智信"的标准；道家倡导"鸡犬之声相闻，老死不相往来"的社会生活；陶渊明的《桃花源记》通过想象的方式构建了一个乌托邦。然而动乱的晋朝分崩离析后，南朝、北朝和隋朝在华夏大地上轮番登场，每个都是没有支撑几年就又被推翻。战火的肆虐让百姓甚至无暇顾及乌托邦是否存在。陶潜的畅想，如一串串华而不实的气泡，还没有降落到黄色土地上就破裂了。距离那人人平等、万物共有的乌托邦，我们似乎还有很长的一段路要走。

大家关注的问题是：这条路究竟有没有尽头？被遗弃在这个孤独星球上的我们，是否能有一天到达那个终点？

《动物农场》给出的答案是否定的。动物们刚刚取得胜利时立下"决不穿衣、喝酒、抽烟、决不接触钞票、从事交易"的誓言,最后领导者猪们却把老马送到屠宰场,学会了两条腿走路,和人类农场主打牌、喝酒、做交易,俨然"新新人类"。通过结局,乔治·奥威尔似乎揭示了一个轮回无穷的规律。就像《双城记》里所说的,旧的革命者变成新的独裁者,处决过旧独裁者的断头台明天也会沾染上新独裁者的鲜血。我们可能永远无法踏进那个空中楼阁般的世界。

短篇小说《离开奥米勒斯》中,作者构建了一个乌托邦式的奥米勒斯城。城市里所有人的幸福建立在一个人的痛苦上:一个小男孩被囚禁在地下阴牢里,受到非人的对待。原因很简单:只有对比他的痛苦,人们才能感受到自己的幸福;如果所有人同等幸福,那没有人会理解自己的幸福,从而幸福也就不存在了。小说从另一个角度证明:乌托邦是不存在的。

既然这样,是不是我们就不用追求一个更美好的社会了呢?当然不是。事实上,乔治·奥威尔并不是一个悲观的、对共产主义放弃希望的人。"1936年以来,我所写的每一行严肃作品都是直接或者间接反对极权主义,支持我所理解的民主社会主义。"这是他毕生奋斗之意义与目标,却又是在他作品里被否决的对象。我想,这看似矛盾,却正证实了奥威尔的坚定信仰。和鲁迅相似,奥威尔明白现实的悲哀,却没有放弃微弱的一线光明。无论他本人所做的努力在人类浩瀚的发展史上看似多么无关紧要、飞蛾扑火,他已经为自己的理想付出了全部。

黄金时代

——读《娱乐至死》有感

《娱乐至死》的作者尼尔·波兹曼曾说过这样一句话:"我们将毁于我们所热爱的东西。"《娱乐至死》这本 1985 年出版的畅销书按照赫胥黎的思路为我们展示了人类的未来:"通过电视和网络媒介,一切都以娱乐的方式呈现,人类心甘情愿成为娱乐的附庸,最终成为娱乐至死的物种。"这个大胆的设想在当时是一个预言,在如今却似乎已接近现实。

今年六月,我因为肺炎在医院输液。按照这家医院的规定,我被划入儿科诊室,不得不混迹于一群学龄前小朋友之中。本以为输液会让这些小朋友大哭大闹,但事实恰恰相反——输液室虽然拥挤,但却安静得很,只偶尔从这儿那儿传出音乐声和咯咯的笑声。

原来,每个孩子的眼睛都紧紧锁在 iPad 或 iPhone 屏幕上。他们或头戴耳机,沉浸于动画片的海洋中;或用空闲的那只手不停地戳着游戏画面,发出兴奋或沮丧的喘息声;还有一位父亲干脆蹲在一个牙牙学语的婴儿面前,为他举着手机,放着"小苹果"的 MV。婴儿的小手攥成小拳头挥舞着,嘴里咿咿呀呀地跟唱着筷子兄弟的热舞曲调。陪护的妈妈爸爸们也都坐在孩子旁边全神贯注地刷屏,偶尔抬头瞥一眼输液袋。只有爷爷奶奶们无聊地坐在一旁,呆呆地望着抱着平板如木头人一般的孙儿们。

记得 iPhone 的春风吹遍大江南北时,我已经上初中了;而这些"10 后"的孩子们则从呱呱落地的时候就浸泡在了电子产品的世界中。技术的发展带动了市场的增长,快速膨胀的市场又反过来推动了技术革命。线上支付、全息影像、人工智能、互联网 +、O2O……这些崭新的概念迫不及待地涌现在我们眼前,令人目不暇接、激动不已——我们,都生活在这场技术革命的风口浪尖上。

尼尔·波兹曼可能没有预测到如此迅猛的改变,但他的确说对了一件事:媒介即内容。随着媒介的改变,我们所熟悉的这个世界都被彻底地改变了。

什么叫"媒介即内容"呢?波兹曼认为,每一种信息传递的方式,即媒介,都"像是一种隐喻,用一种隐蔽但有力的暗示来定义现实世界"。例如,口述、印刷术和电视媒体这三种媒介不可能同等表达一件事情,而在这三种媒介分别占据垄断地位的时期,人们对于"真理"、"智慧"等等概念的看法是截然不同的。也就是说,"媒介"影响了"内容"和人们的"认识论"。

没有文字的原始部落主要依靠的是谚语这类口口相传的真理。部落的首领一般是记忆力强、思维敏捷、口吐莲花的辩论家,他面对的是"听众"。进入了印刷时代,知识可以在书本上被永久地保存起来,口头表达能力也显得不那么重要了。被称为智者的是那些注意力集中（能够长时间静坐阅读）、能够理解抽象观点、逻辑性强的人，他面对的是"读者"。印刷术衰落、电视媒体崛起后，情况又发生了变化。"波兹曼在书中写道：美国前总统理查德·尼克松曾把自己的一次竞选失败归罪于化妆师的蓄意破坏"。电视最重要的表现形式是视觉形象，因此其内容必须是能够吸引观众的眼球的，于是，连总统选举这种事情的标准都因为电视直播而被彻底改变了，因为他面对的是"观众"。这就是话语形式对公众认识论的影响。

出乎波兹曼和几乎所有人的预期，科学技术发展是如此之迅猛，电视也很快就显得笨重和过时了，以智能手机、平板电脑为主力部队的移动互联网设备迅速占领了全世界。作为新的信息媒介，它们更加轻便灵巧、易于携带；拥有了互联网的帮助，它们的信息传播速度更快、范围更广，而且把地球上的所有人都变成了信息的可能产生源。

如果我们依照波兹曼的理论分析一下，就会发现移动互联网终端对未来人们认识论的影响大概有以下几点：

首先，从设备的角度来讲，可携带的手机、平板让人们随时随地都可以使用，这其实加大了人类对它们的依赖性。随着更高的分辨率、更快的网速和更耐用的电池的产生，这个市场将会急速膨胀，为那些率先抢占份额的个人或公司带来丰厚的利润。然而，利润的丰厚和技术的不断更新换代将使竞争变得尤其激烈，无法与时俱进的人势必会被淘汰掉，最终能够生存下来的"赢家"都是思维敏捷、好奇心强、理解能力出众的人。

在这个时代，坚固的资本不是创业成功的必要条件，敏锐的嗅觉、创新的想法和敢想敢为的热血才是衡量人才的标准。

其次，互联网最大的作用就是彻底地改变了人们在信息传播中所处的位置。在印刷术和电视时代，人们只是终端另一边的接收方，但互联网将地球改造成了一个村子，所有人都可以与他人分享信息。这使得信息的数量上涨、质量下降。制造爆炸性信息的人往往会为了出风头而扭曲事实真相，这就需要我们学会分辨信息的真实性。

另外，互联网的普及给了所有人一个甚至若干个面具一样的"假身份"，人们通过在朋友圈发自拍照、炫耀美食和旅行等方式努力经营着一个完美自我，这其实是一种对自我过于重视的表现。《三联生活周刊》曾评价道，这些行为的出现证明了新世纪人们不断增长的自恋人格。研究也表明，自恋指数比较高的人往往在社交网站上会更受欢迎。也正因如此，波兹曼预言道（他评论的是电报式话语的作用，但我发现这段话可以惊人地概括我的想法）："于是，对于莫尔斯提出的问题——上帝创造了什么——我们有了一个令人不安的答案：一个住满陌生人的拥挤的社区，一个破碎而断裂的世界。"

看起来我们似乎可以得到如下结论：属于移动互联网时代的精英们拥有的特质是这样的——他们有钻研精神，好奇心强，能够接受新想法，思维敏捷；他们阅读速度快，思维跳跃性强，每天会获取大量信息并擅长对信息进行过滤、分析、重组、输出；他们在社交网站上呼风唤雨，但在真实生活中可能找不到几个知心朋友……

　　陈丹青评论《娱乐至死》时说："我们今天已经处在波兹曼描述的世界里，处在一个信息和行动比严重失调的时代。在空前便利的电子传媒时代，我们比任何时候都聪明，也比任何时候都轻飘。"蒂姆·查理斯也说："尽管过了20年，但它比任何书都贴近当下。"我承认，现在我们确实来到了波兹曼所预言的这个时代。但问题是：我们现在真的比原来过的糟糕吗？手机和平板电脑真的正在毁掉我们的生活吗？私以为，未必。

　　移动互联网时代的到来可以说是科技发展所趋的必然。确实，它带来了不少社会道德、人际关系上的问题，但没人能否认它同时带来的种种便利。从口头语言到印刷术、从印刷术到电报、从电报到电视，这些不都是媒介的演变吗？波兹曼所谓"电视作为媒介利大于弊"，恐怕也只是依照以印刷术为中心构建的智力标准而言吧？

　　我并不是电视节目的拥趸。作为媒介，我认为电视和印刷术、移动互联网是平等的。电视之所以会产生绝无仅有的娱乐性，主要原因是它的内容很大众化，根本原因是人们从来就没有将电视当作正式的媒介，恰恰相反，从电视出现的那一刻起它就被认为是娱乐消遣的工具。

　　电影《午夜巴黎》中的男主角吉尔是一个梦想当作家的电影编剧，Roaring Twenties 是他心目中的黄金时代。后来，他果然梦想成真，穿越回了二十年代的巴黎，结识了菲茨杰拉德、海明威、毕加索等知名艺术家，还和毕加索的情人艾德里安娜相恋。影片令我最难忘的情节是，艾德里安娜带着吉尔穿越回了十八世纪，她说："这才是我向往的黄金时代。"这个巧妙的设计为我们揭示了那首诗蕴涵的真理——"你站在桥上看风景，看风景的人在楼上看你。明月装饰了你的窗子，你装饰了别人的梦。"人们似乎总是固执地坚守着过去的习惯，不愿面对改变，但时光最终总会证明历史的必然性。现在，波兹曼的预言似乎真的已经成为现实，人们陶醉在娱乐狂欢中，忘记了自己的苦痛和烦恼。但未来如何，谁知道呢？

或许，五十年后的人类会像《华氏451度》中描写的那样，为了得到永恒的快乐而将自己禁锢在电视机房间里，彻底成为娱乐的奴隶；或许，那时的信息传播媒介已经经历了我们无法想象的颠覆性的变化，彻底改变了新人类的生活；或许，那时的人类社会已深深陷入与新媒介和新机器的战争中，尝试摆脱被娱乐至死的宿命；又或许，我想，也是更可能的是，那时的人们仍然在一边享受被新技术奴役的成果，一边继续着 To be or not to be 的激烈争论。他们在吵得不可开交的空隙里，也会偶尔忆起五十年前的我们面对着 iPhone 所感受到的困惑和犹豫，但有一点是不变的，和我们一样，他们相信自己生活在一个娱乐的黄金时代。

THE GOLDEN ERA

— 后记 —

《灯火》记录了我十五岁到十七岁期间与文字的奇遇。

在我心目中，文字具有一种奇妙的魔力，能令时间定格，令记忆回溯；更重要的是，它构建了一个安全而无限的世界，让写作者能够肆意挥洒，天马行空。高中三年，学习压力和课外活动一度令我迷失；成年之际，家庭变故始料未及地降临在我的生活中。很多次，我迷失、自责、困惑，不知前路通向何方。然而，我总能在文字中找到慰藉。正如《解药》中描述的那样：

颠倒的日子无分黑白

我摸索着徘徊

也曾跌倒

才发现

文字是我唯一的解药

——《解药》

因此，《灯火》字里行间展现出的，是最真实而诚恳、最无畏而放肆的我。

《灯火》出版之际，我想感谢很多人。没有他们，我将不会是今天的我，这本书也难以成型。

首先，感谢我的父母、家人和我的猫——稻稻。是他们教我去做一个善良的人。

其次，感谢北京师范大学附属实验中学国际部的老师和同学们。感谢蔡晓东校长，是您的慷慨支持，让我完成了寒假游学文集和新年慈善音乐会的组织工作；感谢郝智勇主任，是您口若悬河的演讲如指路明灯一般，将我引领上了留学的道路；感谢班主任余勇涛老师三年如一日的陪伴；感谢郭明老师在申请季关键时刻的指导和帮助；感谢黄彩英老师和Steven在百忙之中为我撰写推荐信；感谢我身边优秀的朋友和同学，与你们共度的时光令我受益匪浅。在实验国际部的三年，开放民主的氛围培养了我独立思考的能力，也让我能够大胆地做我真正感兴趣的事情。

另外，感谢当代世界出版社的编辑老师，以及北京中尚图文化传播有限公司的张家启老师、张延延老师和排版老师。他们认真负责的态度和辛勤的工作使《灯火》出现在此刻您的手里。

最后，感谢生活，感谢这个美好的大千世界。